Coleção LESTE

Óssip Mandelstam

O RUMOR DO TEMPO
e Viagem à Armênia

Tradução, posfácio e notas
Paulo Bezerra

Ensaio
Seamus Heaney

editora 34

EDITORA 34

Editora 34 Ltda.
Rua Hungria, 592 Jardim Europa CEP 01455-000
São Paulo - SP Brasil Tel/Fax (11) 3811-6777 www.editora34.com.br

Copyright © Editora 34 Ltda., 2000
Tradução © Paulo Bezerra, 2000
"Osip and Nadezhda Mandelstam", essay taken from
The Government of the Tongue © The Estate of Seamus Heaney.
Reproduced by permission of Faber & Faber Ltd.

A FOTOCÓPIA DE QUALQUER FOLHA DESTE LIVRO É ILEGAL E CONFIGURA UMA APROPRIAÇÃO INDEVIDA DOS DIREITOS INTELECTUAIS E PATRIMONIAIS DO AUTOR.

Edição conforme o Acordo Ortográfico da Língua Portuguesa.

Imagem da capa:
Nikolai Lapchin, Ponte Vermelha, *1940, aquarela s/ papel,*
Museu Estatal Russo, São Petersburgo

Capa, projeto gráfico e editoração eletrônica:
Bracher & Malta Produção Gráfica

Revisão:
Alexandre Barbosa de Souza, Cide Piquet,
Danilo Hora, Luiza Brandino

1ª Edição - 2000, 2ª Edição - 2019

Catalogação na Fonte do Departamento Nacional do Livro
(Fundação Biblioteca Nacional, RJ, Brasil)

	Mandelstam, Óssip (1891-1938)
M912r	O rumor do tempo e Viagem à Armênia / Óssip Mandelstam; tradução, posfácio e notas de Paulo Bezerra; ensaio de Seamus Heaney — São Paulo: Editora 34, 2019 (2ª Edição). 200 p. (Coleção Leste)

ISBN 978-85-7326-725-9

Tradução de: Chum vriêmeni
e Putechêstvie v Arméniyu

1. Narrativa russa. I. Bezerra, Paulo.
II. Heaney, Seamus, 1939-2013. III. Título.
IV. Série

CDD - 891.73

O RUMOR DO TEMPO
e Viagem à Armênia

O rumor do tempo

Música na Pávlovsk	9
Um imperialismo pueril	14
Revoltas e francesinhas	19
O armário de livros	23
A Finlândia	30
O caos judaico	34
Concertos de Hofmann e Kubelik	42
A Escola Tênichev	45
Serguei Ivánitch	52
Iúli Matviêitch	57
O programa de Erfurt	61
A família Sinani	66
Komissarjévskaia	80
"Em uma peliça chique, acima de sua condição social"	85

Viagem à Armênia

Sevan	97
Achot Hovanessian	107
Moscou	110
Sukhumi	125
Os franceses	130
A respeito dos naturalistas	134
Ashtarak	143
Alaguióz	148

As vozes subterrâneas da história, *Paulo Bezerra*	156
Óssip e Nadiéjda Mandelstam, *Seamus Heaney*	169

Traduzido do original russo *Sotchiniéniia* (*Obras*) em dois tomos, de Óssip Mandelstam, edição organizada por S. S. Aviérintzev e P. M. Nerliep, Moscou, Khudójestvennaia Literatura, 1990, tomo II. O texto foi depois cotejado com Óssip Mandelstam, *Pólnoie sobránie sotchiniénii i píssem v trekh tomakh* (*Obra completa e cartas reunidas em três tomos*), tomo 2, Moscou, Progress-Pleiada, 2010.

As notas do tradutor estão assinaladas com (N. do T.), e as notas do autor, com (N. do A.).

O RUMOR DO TEMPO

MÚSICA NA PÁVLOVSK

Lembram-me bem os anos de letargia da Rússia[1] — os anos noventa, seu deslizar ronceiro, sua tranquilidade mórbida, seu provincianismo profundo —, uma enseada mansa: último refúgio do século agonizante. Durante o chá da manhã, as conversas sobre Dreyfus, os nomes dos majores Esterhazy e Picquart,[2] as discussões vagas sobre uma tal *Sonata a Kreutzer*[3] e a troca de regentes atrás do alto painel de vidro da estação ferroviária Pávlovsk,[4] que me parecia uma troca de dinastias. Jornaleiros parados nas esquinas, sem gritos, sem movimento, projetados desajeitadamente sobre as calçadas, caleches estreitas com um assento dobrável para um terceiro passageiro e, como uma coisa puxa outra, na minha imaginação os anos noventa se formam de quadros esti-

---

[1] Alusão aos primeiros versos do poema "Rojdiônnie v godá glukhíe" (1914), de Aleksandr Blok: "Os nascidos nos anos de letargia/ não se lembram dos próprios caminhos". O sentido literal do adjetivo *glukhíe* é "surdos". (N. do T.)

[2] Referência ao célebre "Caso Dreyfus", na França. Dreyfus, de origem judaica, foi acusado em 1894 de ser um espião a serviço dos alemães e foi preso na Ilha do Diabo, na Guiana. O investigador Picquart depois descobriu que o oficial Esterhazy era o verdadeiro espião. (N. do T.)

[3] Novela de Lev Tolstói, publicada em 1891, que provocou grande polêmica na imprensa russa. (N. do T.)

[4] A estação ferroviária Pávlovsk, próxima a Petersburgo, possuía sala de concerto e outros espaços de divertimento. O vilarejo erigido ao seu redor era uma espécie de colônia de férias. (N. do T.)

lhaçados mas internamente ligados pela quieta indigência e pelo provincianismo mórbido, condenado, daquela vida que agonizava. Franzidos largos nas mangas dos vestidos das madames, ombros pomposamente armados e cotovelos justos, cinturas de vespa, apertadas, bigodes, cavanhaques, barbichas tratadas; rostos e penteados masculinos daqueles que hoje não se encontram senão na galeria de retratos de algum cabeleireiro decadente, onde aparecem cortes de cabelo e penteados em estilo "coq".

Em suma, eis o que representam os anos noventa: franzidos largos nas mangas dos vestidos das madames e a música na Pávlovsk; os ombros abalonados das mangas dos vestidos das madames girando em torno da Pávlovsk, e o regente Gálkin[5] no centro do mundo.

Em meados dos anos noventa, toda Petersburgo ia à Pávlovsk como quem vai a uma espécie de Campos Elíseos. Os apitos dos navios e dos trens se misturavam à cacofonia patriótica da *Abertura 1812*,[6] e um cheiro especial se espalhava pela imensa estação onde reinavam Tchaikóvski e Rubinstein.[7] O ar meio úmido dos parques bolorentos, o cheiro putrescente dos invernadouros e das rosas das estufas cruzando com as desagradáveis exalações do bufê, o acre dos charutos, o acidulado das estações ferroviárias e os cosméticos de uma multidão de milhares de pessoas.

---

[5] Nikolai Gálkin (1856-1906), violinista, regente e professor. Foi diretor do Conservatório de Petersburgo e regeu concertos na Pávlovsk de 1892 a 1903. (N. do T.)

[6] Peça sinfônica de Piotr Tchaikóvski (1840-1893), composta em 1882 para celebrar a vitória russa sobre Napoleão, e que era apresentada com tiros de canhão. (N. do T.)

[7] Anton Rubinstein (1829-1894), professor, pianista, compositor e regente. Fundou o Conservatório de São Petersburgo. (N. do T.)

Aconteceu que nos tornamos "cidadãos invernais" em Pávlovsk,[8] isto é, passávamos o ano inteiro numa *datcha* de inverno nessa cidade de velhotas, no semi-Versailles russo, cidade de criados palacianos, viúvas de conselheiros de Estado efetivos, comissários de polícia ruivos, pedagogos tísicos (considerava-se mais sadio morar em Pávlovsk) e concussionários que haviam economizado para comprar uma *datcha*-palacete. Ah, aqueles anos em que Figner[9] perdia a voz e suas fotos duplas passavam de mão em mão — numa metade ele cantando, na outra, ele tapando os ouvidos —, em que as revistas *Campo*, *Terras Virgens Universais* e *Mensageiro da Literatura Estrangeira*,[10] cuidadosamente encadernadas, faziam desabar estantes e mesas de jogo, sendo por muito tempo uma reserva fundamental nas bibliotecas dos pequeno-burgueses.

Hoje não existem enciclopédias de ciência e técnica como aqueles monstros encadernados. Mas aquelas *Panorama Universal*[11] e *Campo* eram uma verdadeira fonte de conhecimento do mundo. Eu gostava da "miscelânea" sobre ovos de avestruz, bezerros de duas cabeças e festas em Bombaim e Calcutá, e especialmente das fotos grandes, que ocupavam

[8] A família Mandelstam morou em Pávlovsk entre 1894 e 1896, após o pai receber permissão para residir em Petersburgo e seus arredores. (N. do T.)

[9] Nikolai Figner (1857-1918), famoso tenor russo, foi solista do Teatro Mariínski entre 1887 e 1907. (N. do T.)

[10] *Campo* (*Niva*), revista semanal editada na Rússia a partir de 1869, que publicou, entre outros autores, Dostoiévski, Turguêniev e Tchekhov; *Terras Virgens Universais* (*Vsiemírnaia Nov*), revista bimensal ilustrada de literatura, ciências e artes publicada entre 1910 e 1917; *Mensageiro da Literatura Estrangeira* (*Viéstniki Inostránnoi Literaturi*), revista mensal editada em Petersburgo entre 1891 e 1916. (N. do T.)

[11] *Vsiemírnaia Panorama*, revista semanal publicada entre 1909 e 1918. (N. do T.)

uma página inteira: nadadores malásios que, agarrados a pranchas, deslizavam por ondas da altura de um prédio de três andares; a experiência misteriosa do senhor Foucault com uma bola de metal e um imenso pêndulo girando ao seu redor, e, em torno, uma multidão de senhores sérios engravatados e de barbichas. Parece-me que os adultos liam o mesmo que eu, ou seja, principalmente os suplementos, a vasta literatura que então proliferava nos suplementos de *Campo* etc. Em linhas gerais, os nossos interesses eram os mesmos, e aos sete ou oito anos de idade eu já estava no nível do século. Eram cada vez mais frequentes expressões como *fin de siècle*, que se repetiam com um orgulho fútil e uma melancolia coquete. Como se justificasse Dreyfus e acertasse as contas com a Ilha do Diabo, aquele estranho século perdia o sentido.

Tenho a impressão de que os homens estavam excessivamente absorvidos com o caso Dreyfus, dia e noite, enquanto as mulheres, isto é, as damas de ombros fofos, contratavam e despediam empregados domésticos, o que fornecia alimento inesgotável a conversas agradáveis e animadas.

Na avenida Niévski, em um prédio do templo católico de Santa Catarina, morava um velho respeitável — *père* Lagrange. Esse reverendo estava incumbido de colocar mocinhas francesas pobres como amas-secas em casas de famílias decentes. Munidas de pacotes, as madames iam diretamente do Gostíni Dvor[12] à casa de *père* Lagrange em busca de sugestões. Ele aparecia, velhinho, na batina de sempre, fazendo com as crianças graciosas brincadeiras católicas, untadas de humor francês. Uma recomendação de *père* Lagrange gozava de alto apreço.

O famoso escritório encarregado de contratar cozinheiras, amas-secas e governantas, situado na rua Vladímirskaia,

---

[12] Famosa galeria de lojas em Petersburgo. (N. do T.)

para onde frequentemente me carregavam, parecia um verdadeiro mercado de escravos. Os candidatos às vagas formavam uma fila. As madames lhes sondavam o cheiro e exigiam referências. Uma referência dada por alguma madame totalmente desconhecida, sobretudo uma generala, considerava-se o bastante, mas às vezes o ser posto à venda, depois de examinar a compradora, ria-lhe na cara e dava-lhe as costas. Nessas ocasiões a intermediária da venda dessas escravas acorria, desculpava-se e falava da decadência dos costumes.

Torno a olhar ao redor da Pávlovsk e contorno pelas manhãs as sendas e os parquetes da estação, onde durante a noite amontoou-se um meio *archin*[13] de bombons e serpentina, vestígios da tempestade a que se costumava chamar *gala* ou *bénéfice*.[14] As lâmpadas a querosene sendo substituídas por lâmpadas elétricas. Pelas ruas de Petersburgo continuam a correr trâmueis puxados a cavalo e a tropeçar rocins *à la* Dom Quixote. Da rua Gorókhovaia ao jardim de Alexandre trafega a *kariétka*[15] — o tipo mais antigo de carro público de Petersburgo; só na Niévski é que bondes de correio, novos e amarelos, em comparação ao marrom sujo dos outros, tinem seus sinetes, puxados por cavalos enormes e bem-alimentados.

[13] Antiga medida russa, equivalente a 0,71 m. (N. do T.)

[14] Em francês, no original. *Gala*: concertos especiais, em que participavam apenas músicos eminentes. *Bénéfice*: concertos oferecidos para angariar fundos para o homenageado ou para sua companhia. (N. do T.)

[15] Carruagem leve de um só lugar. (N. do T.)

Música na Pávlovsk

UM IMPERIALISMO PUERIL

Um granadeiro, musguento de tão velho e com um barrete felpudo de pele de carneiro enterrado na cabeça, passava verão e inverno sempre rondando o monumento equestre a Nicolau I em frente ao edifício do Conselho de Estado. O adorno da cabeça, que parecia uma mitra, por pouco não chegava ao tamanho de um carneiro inteirinho.

Nós, crianças, entrávamos a conversar com o guarda decrépito. Ele nos deixava frustrados ao dizer que não vinha de 1812, como imaginávamos. Em compensação, nos contou que esses velhinhos eram sentinelas, os únicos restantes dos que serviram Nicolau, e que em toda a companhia não passavam de uns seis ou cinco.

O Jardim de Verão tinha entrada pela marginal, onde ficavam os gradis e a capela, e outra, em frente à Escola de Engenharia, ambas protegidas por furriéis com suas medalhas. Eles decidiam se uma pessoa estava bem ou mal vestida, escorraçavam quem estivesse de botas russas e vetavam a entrada dos que usassem quepe e roupas simples. Os costumes das crianças no Jardim de Verão eram muito cerimoniosos. Depois de cochichar com a governanta ou a babá, algum pequerrucho chegava-se a um banco e, após fazer um rapapé ou sentar-se, piava: "Menina (ou menino — era esse o tratamento oficial), você não gostaria de brincar de 'portões de ouro' ou de 'ladra da varinha?'".

Depois de um começo assim, dá para imaginar como era alegre a brincadeira. Eu nunca brincava, e a própria maneira de travar conhecimento me parecia forçada.

Aconteceu que a minha tenra infância em Petersburgo transcorreu sob o signo do mais autêntico militarismo e, palavra, não por culpa minha, mas da minha babá e das ruas da Petersburgo daquele tempo.

Saíamos para passear na parte mais deserta da rua Bolcháia Morskáia, onde ficavam o templo luterano de cor vermelha e a marginal do rio Moika, calçada de madeira.

Assim, sem que nos déssemos conta, chegávamos ao canal Kriúkov, à Petersburgo holandesa dos estaleiros e dos arcos de Netuno com emblemas marítimos, aos quartéis da guarda.[16]

Ali, naquela calçada verde nunca percorrida por ninguém, treinavam guardas da Marinha, e timbales de cobre e tambores faziam vibrar a água quieta do canal. Eu gostava da seleção das pessoas pelo físico: a altura de toda a companhia era maior que a habitual. A babá partilhava inteiramente do meu gosto. Foi assim que nós dois elegemos um marinheiro "de bigode preto", que íamos observar individualmente e, uma vez localizado na formação, ficávamos de olho nele até o fim do treinamento. Ainda hoje posso dizer, sem vacilar, que aos sete ou oito anos eu achava que todo aquele conjunto de Petersburgo — os quarteirões de granito e as calçadas de madeira, todo aquele terno coração da cidade inundado de praças, com seus jardins frondosos, suas ilhas de monumentos, as cariátides do palácio Hermitage, a mis-

---

[16] A chamada Nova Holanda era uma pequena ilha formada pelo rio Moika e pelos canais Kriúkov e Krunstein. Na época de Pedro, o Grande, serviu de depósito para a madeira utilizada na construção do estaleiro Halerna. Mais tarde, ali foram construídos conjuntos arquitetônicos grandiosos, com um arco majestoso sobre um canal interno. (N. do T.)

teriosa rua Milliónnaia, onde nunca apareciam pedestres e só uma lojinha acanhada se intrometia no meio do marmoreado, e especialmente o palácio do Estado-Maior, a praça do Senado e a Petersburgo holandesa — tinha qualquer coisa de sagrado e festivo.

Não sei como a imaginação dos pequenos romanos povoava o Capitólio, mas eu povoava essas cidadelas e esplanadas com alguma parada militar inconcebivelmente ideal e universal.

É sintomático que eu não tivesse uma migalha de crença no mito da Catedral de Kazan, apesar do escuro cor de tabaco das suas abóbadas e da madeira esburacada dos seus estandartes.

Esse lugar também era incomum, mas falemos dele depois. A ferradura da colunata de pedra e a calçada larga ladeada de correntes visavam às revoltas, e em minha imaginação esse lugar não era menos interessante e significativo do que a parada de maio no Campo de Marte. Como estará o tempo? Será que não vão suspender? Será que este ano não vai haver? Mas já espalharam as tábuas e as pranchas ao longo do pequeno canal de Verão, os carpinteiros já batem seus martelos pelo Campo de Marte; as tribunas já inflam aos montes, os tiros de teste já levantam canudos de poeira e soldados da infantaria já agitam seus estandartes distribuídos em formações intercaladas. A tribuna foi montada em uns três dias. A velocidade da montagem me pareceu miraculosa e o seu tamanho me oprimia como o Coliseu. Todo dia eu visitava a obra, embevecia-me com a harmonia dos trabalhos, corria pelas escadinhas; nos andaimes eu me sentia como participante do esplêndido espetáculo do dia seguinte e invejava até as tábuas que certamente veriam o ataque.

Se eu conseguisse me esconder no Jardim de Verão, sem ser notado! A Babel das centenas de orquestras, o campo espigado de baionetas, os enclaves da infantaria, a pé e a cavalo, como se ali não estivessem regimentos estacionados mas um campo de trigo sarraceno, centeio, aveia e cevada. O movimento secreto entre os regimentos pelas clareiras internas! E mais cornetas de prata, clarins, confusão de gritos, timbales e tambores. Assistir à avalanche da cavalaria! Sempre achei que em Petersburgo deveria forçosamente acontecer alguma coisa muito pomposa e solene.

Caí em êxtase quando os lampiões foram cobertos de crepe preto e enfaixados com fitas pretas por motivo dos funerais do herdeiro.[17] As revistas das sentinelas junto à coluna de Alexandre, os funerais de generais e as "passagens" eram os meus divertimentos diários.

Naquele tempo chamavam-se "passagens" os passeios do tsar e sua família pelas ruas da cidade. Eu estava bem habilitado a reconhecer essas coisas. Certa vez, nas proximidades do palácio Anítchkov, comissários do palácio brotaram como baratas ruivas de bigode: "Não há nada de especial, senhores. Passem, por favor, façam a gentileza...". Mas os zeladores já espalhavam areia amarela com pás de madeira, os milicianos apareciam com seus bigodes pintados e já chovia polícia pela rua Karavánnaia ou pela Koniúchennaia.

Eu me divertia importunando os policiais com interrogações como "quem e quando vai para onde?", mas eles nunca ousavam responder. É preciso confessar que a passagem-relâmpago de uma carruagem com brasão e pássaros dourados sobre as lanternas, ou de trenós ingleses com trotadores cobertos por rede, sempre me deixavam frustrado. Ainda assim a brincadeira da "passagem" me parecia bastante divertida.

As ruas de Petersburgo despertavam em mim a sede de espetáculos, e a própria arquitetura da cidade me infundia

---

[17] Referência ao grão-duque Gueorgui Aleksándrovitch Románov (1871-1889), irmão mais novo de Nicolau II. (N. do T.)

um certo imperialismo pueril. Eu delirava com as couraças da guarda real montada e com os capacetes romanos dos guardas da cavalaria, com as cornetas de prata da orquestra do regimento Preobrajenski. E, depois da parada de maio, o meu prazer predileto era a festa da guarda real montada no dia da Anunciação.

Lembro-me ainda do lançamento do encouraçado *Osliábia*,[18] que se arrastou para a água como uma monstruosa lagarta marinha, dos guindastes, das arestas do estaleiro.

Todo esse amontoado de militarismo e até de certa estética policial ficava bem a algum filho de comandante de corpo com tradições familiares condizentes, e combinava muito mal com o cheiro de queimado da cozinha de um apartamento de pequeno-burgueses, onde, no gabinete do meu pai, que recendia a couros, peles e pelicas, judeus conversavam sobre negócios.

---

[18] Encouraçado lançado ao mar em 1898. Afundou durante a Guerra Russo-Japonesa (1904-1905). (N. do T.)

REVOLTAS E FRANCESINHAS

Os dias de rebeliões estudantis em frente à Catedral de Nossa Senhora de Kazan sempre se sabiam com antecedência. Toda família tinha seu estudante que informava. Acontecia que um público volumoso ia assistir a tais rebeliões, ainda que de uma distância digna: crianças com suas babás, mães e tias que não conseguiam segurar seus rebeldes em casa, velhos funcionários públicos e vadios de toda espécie. No dia da anunciada revolta, as calçadas da avenida Niévski ficavam apinhadas de espectadores, da rua Sadóvaia à ponte Anítchkov. Toda essa chusma tinha medo de se aproximar da Catedral de Kazan. A polícia se escondia nos pátios. No pátio da igreja de Santa Catarina, por exemplo. A praça Nossa Senhora de Kazan ficava relativamente deserta, ali circulavam pequenos grupos de estudantes e operários de verdade, sendo que estes era possível apontar a dedo. De repente ouvia-se do lado da praça Kazan um uivo prolongado, que ia crescendo mais e mais, algo como um incessante "u" ou "i", que se transformava em um brado ameaçador, cada vez mais e mais próximo. Então os espectadores saltavam de lado e os cavalos esmagavam a multidão. "Os cossacos, os cossacos" — os gritos se espalhavam com a velocidade de um raio, mais rápido que o voo dos próprios cossacos. A "revolta" propriamente dita era cercada e expulsa para o Manejo Mikháilovski,[19]

---

[19] Atual Estádio de Inverno, edifício neoclássico onde originalmente funcionava uma escola de equitação. (N. do T.)

e a Niévski ficava deserta como se a tivessem varrido com uma vassoura.

As sombrias aglomerações humanas nas ruas foram a minha primeira percepção consciente e vibrante. Eu tinha exatos três anos. Era o ano de 1894, e me levaram de Pávlovsk a Petersburgo para assistir ao funeral de Alexandre III. Alugaram um cômodo no quarto andar de um prédio mobiliado na Niévski, em algum ponto defronte à rua Nikoláievskaia. Ainda na véspera, à tardinha, eu escalei o parapeito da janela, vi a rua escura de gente e perguntei: "Quando é que vão sair?". "Amanhã", responderam. O que me surpreendeu particularmente foi que toda aquela multidão passou a noite inteirinha na rua. Até a morte se me apresentava pela primeira vez numa forma pomposa e solene, totalmente fora do natural. Uma vez eu passava com minha babá e minha mãe pela rua Moika, ao lado do edifício chocolate da embaixada italiana. De repente: portas escancaradas, deixam todo mundo entrar livremente, e lá de dentro vem um cheiro de alcatrão, incenso e de alguma coisa doce e agradável. O veludo negro abafava a entrada e as paredes, decoradas de prata e plantas tropicais, e num ponto muito alto jazia embalsamado o embaixador italiano.[20] Não sei, mas aquelas foram impressões fortes e deslumbrantes, e eu as aprecio até o dia de hoje.

A vida habitual da cidade era pobre e monótona. Todos os dias, por volta das cinco da tarde, havia passeio pela rua Bolcháia Morskáia, da rua Gorókhovaia ao arco do Estado-Maior. Tudo quanto havia de ocioso e almofadinha na cidade andava de um extremo a outro das calçadas, num vaivém lento, desfazendo-se em mesuras: o tinido das esporas, os sons das línguas inglesa e francesa, a exposição viva de uma

---

[20] Trata-se do marquês Carlo Alberto Ferdinando Maffei di Boglio (1834-1897). (N. do T.)

loja inglesa e o Jockey Club. Para lá as amas-secas e governantas, francesinhas de aparência jovem, levavam as crianças, e suspiravam, comparando o lugar aos Champs-Élysées. Arranjaram tantas francesas para mim que todos os seus traços se confundiram e se fundiram em uma só mancha comum de retrato. No meu entender, de tanto cantar para crianças, servir de modelo de caligrafia, ler crestomatias e conjugar verbos, essas francesas e suíças acabaram retornando à infância. O centro da visão de mundo das crestomatias era ocupado pela figura do grande imperador Napoleão e pela guerra de 1812. Depois vinha Joana D'Arc (uma delas, suíça, aliás, era calvinista), e por mais que eu tentasse, por ser curioso, não consegui arrancar delas nada sobre a França, a não ser que era maravilhosa. Nas francesas era apreciável a arte de falar muito e bastante rápido, nas suíças o conhecimento de canções, das quais a melhor era "Marlbrough vai à guerra". Essas pobres moças estavam imbuídas do culto a grandes homens: Victor Hugo, Lamartine, Napoleão e Molière. Aos domingos eram liberadas para a missa, mas não se admitia que travassem contato com ninguém.

Em algum lugar de Île-de-France: barris de vinho, veredas brancas, álamos. O vinicultor foi a Rouen com as filhas visitar a avó. Na volta, tudo *scellé*[21] — prensas e dornas lacradas, lacre nas portas e adegas. O administrador tentara sonegar o imposto de consumo sobre alguns barris de vinho novo. Foi pego. A família ficou arruinada. Uma multa gigantesca, e como resultado as leis rígidas da França me deram de presente uma preceptora.

Aliás, o que eu tinha a ver com as festas da guarda, com a monótona beleza da infantaria e dos cavalos,[22] com os batalhões e seus rostos de pedra marchando em passos retum-

[21] Em francês no original: "lacrado". (N. do T.)
[22] Referência aos versos do poema "O cavaleiro de bronze" (1837),

bantes pelo chão da rua Milliónnaia, que o granito e o mármore tornavam alvacento?

Toda a harmoniosa miragem de Petersburgo era apenas um sonho, um véu suntuoso lançado sobre um abismo,[23] porque ao redor se estendia o caos do judaísmo — não era pátria, não era casa nem lar, mas precisamente o caos, um desconhecido mundo uterino de onde eu saíra e que me assustava, sobre o qual eu tinha apenas vagas suspeitas e fugia, sempre fugia.

O caos judaico se infiltrava em todas as frestas do apartamento de pedra de Petersburgo: a ameaça de ruína, o barrete no quarto reservado ao hóspede da província, os caracteres pontudos dos livros do Gênesis, não mais lidos, abandonados à poeira na prateleira inferior da estante, abaixo de Goethe e Schiller, e com retalhos de um ritual em preto e amarelo.

O forte e corado ano russo rolava pelo calendário com ovos pintados, árvores de Natal, patins finlandeses de aço, dezembro, *veiks*[24] e a *datcha*. Mas aqui se mete um espectro — o ano novo em setembro e os estranhos festejos sem alegria que atormentavam os ouvidos com seus nomes bárbaros: Rosh Hashaná e Yom Kipur.[25]

---

de Aleksandr Púchkin: "Adoro a vida marcial/ Do divertido campo de marte,/ A monótona beleza/ Da infantaria e dos cavalos". (N. do T.)

[23] Referência ao poema "Dia e noite" (1839), de Fiódor Tiúttchev "O dia, este véu suntuoso/ [...] Sobre um abismo sem nome". (N. do T.)

[24] Cocheiros finlandeses que se fantasiavam com faixas, cores e campainhas durante as festas do entrudo. (N. do T.)

[25] Feriados judaicos, respectivamente Ano Novo e Dia do Perdão. (N. do T.)

O ARMÁRIO DE LIVROS

Assim como um nadinha de almíscar enche uma casa inteira, a mínima influência do judaísmo se espalha por toda uma vida. E como esse cheiro é forte! Acaso eu poderia deixar de notar que em casas verdadeiramente judias o cheiro é diferente do das arianas? E não só a cozinha, mas as pessoas, as coisas e as roupas têm esse cheiro. Até hoje me lembro de como esse cheiro adocicado do judaísmo me envolvia na casa de madeira dos meus avós, na rua Kliutcheváia, na Riga alemã. Em casa, o gabinete do meu pai não parecia mais o paraíso de granito dos meus passeios regulares. Agora ele conduzia a outro mundo, mas a miscelânea de sua mobília e a seleção dos objetos estavam fortemente conectados na minha consciência. Antes de mais nada, a poltrona rústica de carvalho com a imagem de uma balalaica e uma manopla, além da inscrição "Devagar se vai ao longe" — um tributo ao estilo pseudorrusso de Alexandre III; depois o divã turco, apinhado de livros de contabilidade, com suas folhas de papel de seda escritas com as letras góticas miúdas das cartas comerciais alemãs. Primeiro eu pensei que o trabalho do meu pai fosse imprimir suas cartas em papel de seda, apertando a prensa da máquina de copiar. Até hoje me parece cheiro de jugo e de trabalho o odor de couro curtido que penetra todo o ambiente, as películas palmípedes da pelica espalhadas pelo chão e as tiras de camurça roliça, vivas como dedos — tudo isso junto e mais uma escrivaninha de estilo pequeno-burguês com um calendário em mármore flutuam na fumaça do tabaco, impregnados do cheiro dos couros. Por fim, no clima árido desta sala de comércio, um armário de livros envidraçado, fechado por uma cortina de tafetá verde. É dessa pequena biblioteca que quero falar. O armário de livros da tenra infância é companheiro do homem para toda a vida. A disposição das suas prateleiras, a seleção dos livros e as cores das lombadas são recebidos como a cor, a altura e a disposição da própria literatura universal. Aliás, os livros que não estavam no primeiro armário nunca abrirão caminho à literatura universal, nem ao universo. Querendo ou não, no primeiro armário todo livro é clássico e não se bota fora nenhuma lombada.

Como uma estratificação geológica, essa biblioteca pequena e estranha não por acaso levou decênios para terminar de se depositar ali. Nela o que era do meu pai e da minha mãe não se misturava, mas existia separadamente, e na seção transversal desse pequeno armário mostrava-se a história da tensão intelectual de todo um clã inoculado com sangue estranho.

Lembro-me da prateleira inferior, sempre caótica: os livros não ficavam com suas lombadas enfileiradas, mas espalhados como ruínas — pentateucos vermelhos com as capas em frangalhos, uma história do povo judeu escrita na linguagem desajeitada e tímida de um talmudista que falava russo. Era o caos judaico rolando na poeira. Aqui logo veio parar a minha cartilha do hebraico, que eu acabei não aprendendo. Num acesso de arrependimento nacional contrataram para mim um autêntico professor judeu. Ele veio diretamente da sua rua Torgóvaia[26] e dava aulas sem tirar o barrete, o que

---

[26] Literalmente, rua do Comércio, atual rua Soiúza Petchátnikova (rua do Sindicato dos Impressores), em Petersburgo. (N. do T.)

me deixava desconfortável. Seu russo correto soava falso. O alfabeto hebraico ilustrado representava, em várias situações — com um gato, um livro, um balde, ou um regador —, o mesmo menino, de quepe e com um rosto muito triste e adulto. Nesse menino eu não me reconheci, e rebelei-me com todo o meu ser contra esse livro e essa ciência. Uma coisa surpreendia nesse professor, embora soasse artificial: o sentimento de orgulho nacional. Ele falava dos judeus como a francesinha falava de Victor Hugo e Napoleão. Mas eu sabia que ele escondia o orgulho quando saía à rua e por isso não acreditava nele.

Acima dessas ruínas judaicas começava a distribuição ordenada dos livros, encabeçada pelos alemães — Schiller, Goethe, Körner, Shakespeare em alemão —, todos em velhas edições de Leipzig e Tübingen, curtas e espessas, com encadernações vinho estampadas e caracteres miúdos destinados à vista aguda dos jovens, com gravuras leves, um pouco ao gosto inglês: mulheres de cabelos soltos torcendo as mãos, candeeiros em vez de lamparinas, cavaleiros de frontes altas, molduras de cachos de uvas. Era meu pai que, dos labirintos talmúdicos, abria caminho para o mundo alemão como autodidata.

Mais acima ficavam os livros russos de minha mãe: um Púchkin em edição Issakov de 1876. Até hoje acho magnífica essa edição, que me agrada mais que a da Academia. Nela não há nada supérfluo: a disposição dos caracteres é harmoniosa, as colunas de versos fluem livremente como soldados de batalhões volantes e, qual comandantes militares, anos racionais e precisos os conduzem até 1837.[27] A cor de Púchkin? Toda cor é fortuita — que cor escolher para a

---

[27] Ano da morte de Aleksandr Púchkin (1799-1837), o maior poeta russo; a frase seguinte faz referência a um verso de seu poema "Noite" (1823): "Meus versos correm e se encontram, murmurando,/ Em corren-

O armário de livros 25

fala murmurante? Ah, esse estúpido alfabeto das cores em Rimbaud![28]

Meu Púchkin de Issakov vinha com uma sobrecapa reticulada de uma cor imprestável, numa encadernação ginasiana de percalina, e aquela sobrecapa castanho-escura, com um matiz arenoso tirante a terroso, não temia manchas, tinta, fogo ou querosene. Durante um quarto de século, a sotaina de tom arenoso escuro absorveu tudo com amor: tamanha é a nitidez com que sinto a singela beleza espiritual, o encanto quase físico do Púchkin de minha mãe. Sobre ele a inscrição: "À aluna da terceira série, pela aplicação". Ao Púchkin de Issakov combina-se a história dos mestres e mestras ideais, com seu rubor tísico e seus sapatos furados: os anos oitenta em Vilna. Minha mãe e especialmente minha avó pronunciavam com orgulho a palavra "intelectual". A encadernação de Liérmontov era em amarelo-dourado, com um matiz militar: ele não era hussardo por acaso. Ele nunca me pareceu irmão ou parente de Púchkin. Goethe e Schiller eu considerava gêmeos, mas quando o caso era Púchkin e Liérmontov, eu percebia que eram dois estranhos, e conscientemente os deixava separados. Porque depois de 1837 o sangue e os versos murmuravam diferente.

E quanto a Turguêniev e Dostoiévski? São suplementos da revista *Campo*. São de aparência idêntica, como irmãos. Capas de papelão, revestidas de película. Sobre Dostoiévski recaía o veto como uma lápide de sepultura, e dele se dizia que era "pesado"; Turguêniev era todo permitido e aberto,

---

tes de amor, cheios de ti". A "cor de Púchkin" pode ser também uma referência ao antepassado africano do poeta. (N. do T.)

[28] Referência ao soneto "Voyelles" ("Vogais"), de Arthur Rimbaud (1854-1891), que lista imagens correspondentes a cada vogal do alfabeto. (N. do T.)

com sua Baden-Baden, suas *Águas primaveris*[29] e conversas indolentes. Mas eu sabia que uma vida tão tranquila como a de Turguêniev não havia ou poderia haver em lugar nenhum. Mas quereis a chave desta época, o livro incandescido de tanto contato, o livro que não queria morrer por nada nesse mundo e jazia como se estivesse vivo na sepultura estreita dos anos noventa, o livro cujas folhas amarelaram antes do tempo não se sabe se de tanta leitura ou se do sol dos bancos das *datchas*, livro cuja primeira página revela os traços de um jovem com um penteado inspirado, traços que se tornaram icônicos? Ao olhar o rosto do eternamente jovem Nadson,[30] fico maravilhado ao mesmo tempo com a verdadeira incandescência desses traços e com sua absoluta inexpressividade, com sua simplicidade quase campônia. Todo o livro dele não é assim? Toda a época não foi assim? Se o mandassem a Nice, se lhe mostrassem o Mediterrâneo, ele continuaria a cantar seu ideal e sua geração sofredora da mesma forma, talvez acrescentando uma gaivota e a crista de uma onda. Não riais do nadsonismo; é um enigma da cultura russa e, no fundo, é incompreensível a sua sonoridade porque nós não entendemos e nem ouvimos como entendiam e ouviam eles. Quem é esse monge campônio com traços inexpressivos de um eterno jovem, esse ídolo inspirado da juventude estudantil, precisamente da juventude estudantil, isto é, de uma gente escolhida em determinados séculos, esse profeta dos saraus colegiais? Quantas vezes, já sabendo que Nadson era ruim, ainda assim reli seu livro e, rejeitando a arro-

---

[29] *Viéchnie vôdi* (1872), novela de Ivan Turguêniev ambientada nos balneários alemães. (N. do T.)

[30] Semión Iákovlievitch Nadson (1862-1887), poeta judeu-russo de legado contraditório. Com sua poesia sentimental, Nadson conquistou, ainda em vida, a estima de um público enorme e o desprezo da crítica por gerações a seguir. Muitos de seus poemas foram musicados por Rachmaninoff. (N. do T.)

gância poética do presente e o ressentimento pela ignorância desse jovem no passado, procurei ouvir sua sonoridade como a sua geração a ouvia! Neste caso, como me ajudaram os diários e as cartas de Nadson; uma colheita literária contínua, as velas, os aplausos, as faces em chamas; o círculo de sua geração e, no centro do altar, a mesinha de leitura com um copo d'água. Como insetos de verão sob o vidro de uma lâmpada quente, toda essa geração ardia e se consumia no fogo das festas literárias com guirlandas de rosas alegóricas, e as reuniões tinham o caráter de culto e sacrifício expiatório por toda a geração. Ali acorriam aqueles que desejavam partilhar o destino da sua geração até à morte, os presunçosos ficavam de fora com Tiúttchev e Fiét.[31] No fundo, toda a grande literatura russa deu as costas a essa geração tísica com seu ideal e seu Baal.[32] O que ainda restava? As rosas de papel, as velas dos saraus colegiais e as barcarolas de Rubinstein. Os anos 1880 em Vilna, como minha mãe os recorda. Em toda parte era a mesma coisa: mocinhas de dezesseis anos tentando ler John Stuart Mill, personalidades radiantes com traços inexpressivos que, carregando no pedal e desmaiando no meio de um *arpeggio*, tocavam em festas públicas as mais recentes composições do leonino Anton. O que realmente aconteceu foi o seguinte: na companhia de Rubinstein e Henry Buckle,[33] e conduzida por personalidades luminosas, a *intelligentsia*, em sua sagrada idiotice e sem distinguir o caminho, guinou

---

[31] Fiódor Tiúttchev (1803-1876) e Afanássi Fiét (1820-1892), poetas que tiveram reconhecimento tardio, hoje considerados os maiores do período pós-romântico russo. (N. do T.)

[32] Referência a versos do poema "Nos rastros de Diógenes" (1879), de Nadson: "Assim que acabar a batalha/ Aos pés do trono de Baal/ Brilhará a terra cansada/ A aurora crócea do ideal". (N. do T.)

[33] Historiador positivista inglês, popular entre os liberais e populistas russos no século XIX. (N. do T.)

decididamente para a autoimolação pelo fogo. Como altas tochas alcatroadas, os populistas da Vontade do Povo,[34] com Sófia Pieróvskaia e Jeliábov e todos os outros, arderam em praça pública, e, em solidariedade, toda a Rússia provinciana e a "juventude estudantil" consumiram-se lentamente: não deveria restar uma só folha verde.

Que vida de escassez, que cartas pobres, que brincadeiras e paródias sem graça! No álbum de família me mostraram uma foto daguerreótipa do tio Micha, melancólico com traços rechonchudos e doentios, e explicaram que ele não só havia enlouquecido como "ardido", na linguagem da geração. Era assim que falavam de Gárchin,[35] e muitas mortes se constituíam em um ritual.

Semión Afanássievitch Venguérov,[36] meu parente pelo lado materno (família de Vilna e lembranças de colégio), não entendia nada de literatura russa e estudava Púchkin por necessidades profissionais, mas "isso" ele entendia. Para ele, "isso" era o caráter heroico da literatura russa. Ele era bom nesse seu caráter heroico quando batia pernas pelos subúrbios, de apartamento em apartamento, pendurado no braço da esposa que envelhecia, dando risinhos com sua espessa barba de formiga.

---

[34] *Naródnaia Vólia*, organização política fundada em 1879. O grupo foi responsável por uma série de atos terroristas, entre os quais o assassinato do tsar Alexandre II. Pieróvskaia e Andrei Jeliábov, membros da Vontade do Povo, foram presos e executados pelo crime. (N. do T.)

[35] Vsiévolod Gárchin (1855-1888), escritor russo que sofria de uma doença dos nervos, tendo passado por várias internações. Morreu com apenas 33 anos, em decorrência de uma tentativa de suicídio. (N. do T.)

[36] Semión Afanássievitch Venguérov (1855-1920) foi historiador da literatura russa e especialista em Púchkin, além de autor da obra *O caráter heroico da literatura russa*, publicada em 1911. (N. do T.)

A FINLÂNDIA

O armário de livros vermelho com cortina verde e a poltrona "Devagar se vai ao longe" trocavam de apartamento constantemente. Estiveram na travessa Maximiliano,[37] de onde se avistava a estátua de Nicolau a galope no final da sagital avenida Voznessiênski, na rua Ofitsiérskaia, nas proximidades de *Uma vida pelo tsar*,[38] no andar acima da loja de flores de Eilers e na avenida Zagorodni. No inverno, no Natal, estiveram na Finlândia — na *datcha* em Terioki,[39] no bairro de Víborg. Em Terioki tem areia, zimbro, pontezinhas de madeira, casinhas para cães junto às cabines de banho — com aberturas em formato de coração e mossas para marcar o número de banhos —, e, próximo ao coração do petersburguense, tem o finlandês frio, estrangeiro em sua própria casa, que gosta dos fogos de São João e das polcas dos ursos no relvado da Casa do Povo, o finlandês de olhos verdes e barba por fazer, como o descreveu Aleksandr Blok.[40] De Solovióv

---

[37] Atual travessa Pirogóv. (N. do T.)

[38] Isto é, na praça do Teatro Mariínski. Ali, por ocasião do tricentenário da família imperial, vinha sendo exibida *ad nauseam* a ópera patriótica *Uma vida pelo tsar*, de Mikhail Glinka (1804-1857). (N. do T.)

[39] Atual Zelenogórsk, cidade russa pertencente ao distrito de Petersburgo. (N. do T.)

[40] Aleksandr Blok (1881-1921), poeta simbolista russo; a referência é ao poema "V diúnakh" ("Nas dunas"), de 1907. Mais à frente: Vladí-

a Blok, a Petersburgo pré-revolucionária respirava a Finlândia, despejando sua areia na palma da mão e esfregando na testa de granito a macia neve finlandesa, ouvindo, em seu delírio pesado, as campainhas dos atarracados cavalos finlandeses. Eu sempre percebi vagamente o significado especial da Finlândia para o petersburguense, que as pessoas iam para lá a fim de concluir um pensamento que não haviam conseguido concluir em Petersburgo e, depois de enterrar a cabeça até as orelhas no baixo céu nevado, iam dormir nos hoteizinhos que serviam água gelada em jarras. E eu gostava daquele país em que todas as mulheres eram lavadeiras impecáveis e os cocheiros pareciam senadores.

O verão em Terioki era cheio de festas infantis. A tal ponto que é até absurdo pensar! Pequenos colegiais e cadetes em japonas justas, desfazendo-se em rapapés com moças passadas da idade, dançavam o *pas de quatre* e o *pas des patineurs*, danças de salão dos anos 1890 com movimentos moderados e sem graça. Depois vinham os jogos: corridas do saco e do ovo, isto é, corridas com os pés presos dentro de um saco e um ovo numa colher de pau. A loteria sempre sorteava uma vaca. Era aí que estava a alegria para as francesinhas. Só então elas gorjeavam como pássaros celestiais e ganhavam alma nova, enquanto as crianças se dispersavam e se enredavam em entretenimentos estranhos.

Íamos a Víborg visitar os Chárikov, comerciantes locais que viviam lá havia um bom tempo, descendentes dos soldados judeus de Nicolau I, o que lhes permitiu, segundo as leis finlandesas, fixar residência em uma Finlândia despovoada de judeus.[41] Os Chárikov mantinham uma grande loja de

---

mir Solovióv (1853-1900), filósofo e poeta de temas místico-religiosos que teve grande influência na obra de Blok. (N. do T.)

[41] Segundo as leis do Império Russo, aos judeus que cumpriam o ser-

mercadorias variadas, *sekatavarakauppa*,[42] onde se sentia cheiro de alcatrão, couro, trigo, um cheiro especial de tenda finlandesa, com muitos pregos e cereais. Moravam os Chárikov em uma grande casa de madeira com móveis de carvalho. O dono sentia um orgulho especial pelo guarda-louça entalhado com a história de Ivan, o Terrível. Comiam tanto que ficava difícil levantar-se da mesa. O pai dos Chárikov era obeso como um buda e falava com sotaque finlandês. A filha feiosa, de cabelos negros, ficava sentada atrás do balcão. As outras três, todas belas, haviam fugido, uma a uma, com oficiais da guarnição local. A casa cheirava a cigarro e dinheiro. A dona da casa era analfabeta e bondosa, os hóspedes, militares apreciadores de ponche e bons trenós, todos jogadores inveterados de baralho. Depois da Petersburgo frouxa, essa família sólida e de carvalho me dava alegria. Voluntária ou involuntariamente, eu me vi no frio do inverno em pleno centro dos flertes das beldades de Víborg com seus bustos altos. Em algum lugar da confeitaria de Fazer, em meio a biscoitos de baunilha e chocolate, ouviam-se do outro lado das janelas azuis o rangido dos trenós e o vaivém dos guizos... Caindo do trenó estreito e veloz direto no vapor quente do café finlandês cheio de pãezinhos, fui testemunha de uma discussão indiscreta de uma moça desesperada com um tenente do exército sobre ele estar ou não usando espartilho, e lembro-me de ouvi-lo jurar por Deus e sugerir que ela lhe apalpasse as costelas por cima da farda. Trenós velozes, ponche, jogo de cartas, fortaleza sueca de papelão, fala sueca, música militar — a embriaguez de Víborg se esvaía como uma chama azul irradiada do ponche. O hotel Belvedere, onde mais tarde reu-

---

viço militar era permitido morar fora dos limites do *Pale*, a Zona de Assentamento Judaico, no sudoeste da Rússia. (N. do T.)

[42] Em finlandês no original: loja de artigos variados. (N. do T.)

niu-se a primeira Duma,[43] era famoso pela limpeza e pelas roupas de cama e mesa ofuscantes e frescas como a neve. Tudo ali era estrangeiro e com o aconchego sueco. Aquela cidadezinha teimosa e astuta — com seus moinhos de café, cadeiras de balanço, tapetes de fios de lã e versículos da bíblia na cabeceira de cada cama — sofria o jugo do militarismo russo como um flagelo divino; mas em toda casa havia um quadro, de moldura preta, em sinal de luto: mostrava a garota Suomi de cabeça nua e, eriçada sobre ela, uma raivosa águia de duas cabeças. A garota protege furiosamente contra o peito um livro com a inscrição "Lex" — a lei.[44]

[43] Na Rússia tsarista, assembleia eleita indiretamente e com funções legislativas, criada em decorrência da Revolução de 1905. Em 1906, ante a ameaça de dissolução da Duma pelo imperador, vários de seus membros reuniram-se em Víborg para deliberar. (N. do T.)

[44] O autor descreve a pintura *Hyökkäys* (*O ataque*), do finlandês Edvard Isto (1865-1905), cujas reproduções eram muito populares à época. O quadro é uma alegoria contra a russificação da Finlândia: a águia de duas cabeças é o símbolo do Império Russo; "Suomi" é o nome tradicional da Finlândia. (N. do T.)

A Finlândia

O CAOS JUDAICO

Certa vez recebemos a visita de uma figura completamente estranha, uma moça de uns quarenta anos, de chapéu vermelho, queixo afilado e olhos negros e maus. Dizendo-se oriunda do vilarejo Chavli,[45] exigiu que lhe arranjássemos casamento em Petersburgo. Até nos livrarmos dela, passou uma semana em nossa casa. De raro em raro apareciam autores viandantes: pessoas barbudas de vestes longas, filósofos talmudistas, vendedores ambulantes de sentenças e aforismos de impressão própria. Deixavam exemplares assinados e se queixavam da perseguição das esposas más. Uma ou duas vezes na vida fui levado a uma sinagoga, com longos preparativos, como se fosse a um concerto, e por pouco não precisando comprar entradas de cambistas; o que vi e ouvi me fez voltar para casa profundamente atordoado. Existe um quarteirão judaico em Petersburgo; ele começa justamente atrás do Teatro Mariínski, onde os cambistas congelam, ali atrás do anjo da prisão do Castelo da Lituânia, que foi consumido pelo fogo durante a revolução.[46] Ali, na rua Torgó-

---

[45] Atual Siauliai, a maior cidade do norte da Lituânia. À época, era apenas um vilarejo com alto percentual de judeus entre os habitantes. (N. do T.)

[46] O referido quarteirão ficava no distrito histórico de Kolomna. O Castelo da Lituânia, ou Castelo das Sete Torres, ficava na rua Ofitsiérskaia e era a prisão da cidade. (N. do T.)

vaia, surgem letreiros judaicos com as imagens de um boi e uma vaca, mulheres com seus cabelos postiços escapando por baixo do lenço, e velhinhos muito experientes e cheios de amor pelos filhos saltitam em suas sobrecasacas que se arrastam pelo chão. Com seus chapéus cônicos e suas esferas bulboides, a sinagoga se perde entre as edificações medíocres, como uma figueira estranha e exuberante. Boinas de veludo com pompons, auxiliares e coristas exaustos, montes de castiçais, altos barretes de veludo. O navio judeu, com sonoros coros de contraltos e magníficas vozes infantis, navega a toda a vela, cindido em uma metade masculina e outra feminina por alguma tempestade antiga.[47] Após me perder e ir parar na parte feminina, eu abria caminho como um gatuno escondendo-me por entre as vigas de caibro. O chantre, como um Sansão, fazia estremecer o prédio leonino, os barretes de veludo lhe respondiam e o divino equilíbrio das vogais e consoantes transmitia aos cantos uma força indestrutível nas palavras pronunciadas com precisão. Mas que ultraje! Que detestável, ainda que culto, o discurso do rabino, como é vulgar quando ele pronuncia "O Senhor Imperador", como é vulgar tudo o que ele diz! E, de repente, dois senhores de cartola, magnificamente vestidos, luzindo de riqueza, com movimentos elegantes de gente da alta sociedade, tocam o pesado livro, saem do círculo e, em nome de todos, por procuração, por delegação de todos, fazem algo ritual, honorífico e da maior importância. Quem é esse? O barão Günzburg. E aquele é Varchavski.[48]

[47] Nas sinagogas, os lugares dos homens e das mulheres ficam separados. (N. do T.)

[48] Horace Günzburg (1833-1909), banqueiro e mecenas de grande prestígio. Fundou e presidiu a Sociedade para a Divulgação da Ilustração entre os Judeus na Rússia e obteve autorização para construir sinagogas em Petersburgo. Mark Varchavski (1821-1888), advogado, também membro proeminente da comunidade judaica russa. (N. do T.)

Na infância, eu nunca ouvia jargão.[49] Só mais tarde me fartei de ouvir essa língua interrogativa, melodiosa, sempre surpresa e desencantada, com acentos enfáticos nos meios-tons. A fala do pai e a fala da mãe — não será da fusão destas que a nossa própria língua se alimenta em sua longa vida, não serão elas que lhe formam o caráter? A fala da minha mãe, nítida e sonora, sem qualquer mistura estrangeira, as vogais um tanto ampliadas e excessivamente abertas — é a grande linguagem literária russa; seu vocabulário era pobre e conciso, suas locuções eram uniformes, mas era uma língua, havia nela algo de nativo e seguro. Minha mãe adorava falar e se alegrava com a raiz e o som de sua fala russa, empobrecida pelo uso intelectual. Não seria ela a primeira de sua família a alcançar os sons puros e nítidos da língua russa? Meu pai não tinha nenhuma língua, apenas um palavreado embrulhado e uma aglossia. Era a fala russa de um judeu polonês? Não. A fala de um judeu alemão? Também não. Seria um acento especificamente curlandês?[50] Nunca ouvi falar disso. Era uma língua totalmente abstrata, inventada, a fala sinuosa e enrolada do autodidata, na qual as palavras comuns se entrelaçavam com antigos termos filosóficos de Herder, Leibniz e Espinosa, a sintaxe extravagante de um talmudista, a frase artificial, nem sempre concluída — era tudo menos uma língua, falasse ele russo ou alemão.

---

[49] No original, o autor usa a palavra "jargon", termo usado por judeus russificados para se referir à língua ídiche. A respeito desta passagem, veja-se o que escreveu Boris Schnaiderman a este tradutor: "Os judeus russificados chamavam o ídiche de jargão. E embora Mandelstam use a forma consagrada e depreciativa, faz uma exaltação do que hoje chamamos de língua ídiche". (N. do T.)

[50] De Curlândia ou Kurzeme, região da Letônia, a oeste do golfo de Riga. (N. do T.)

Em essência, meu pai me transferiu para um século totalmente estranho, e para um ambiente distante, ainda que nada judaico. Era, se preferirem, o mais lídimo século XVIII, ou até mesmo o XVII, de um gueto ilustrado em algum lugar de Hamburgo. Os interesses religiosos haviam sido totalmente erradicados. A filosofia iluminista se convertera em um intrincado panteísmo talmúdico. Em algum lugar próximo, Espinosa cria suas aranhas em um pote de vidro. Pressente-se Rousseau com seu homem natural. Tudo é abstrato, intrincado e esquemático a não poder mais. Um rapazinho de catorze anos, treinado para se tornar um rabino e proibido de ler livros mundanos, foge para Berlim e entra para uma escola superior de estudos talmúdicos, onde estão reunidos jovens igualmente obstinados e racionais, que andaram alimentando pretensões a gênios em seus lugarejos ermos. Em vez do Talmude, ele lê Schiller e, observe-se, lê-o como um livro novo. Depois de algum tempo, ele sai dessa estranha universidade e volta para o efervescente mundo dos anos 1870, apenas para se lembrar da conspiratória venda de laticínios da rua Karavánnaia, onde prepararam uma bomba para Alexandre II, e em uma luvaria e em uma fábrica de couros ele passa a pregar os ideais filosóficos do século XVIII para clientes obesos e surpresos.

Quando me levaram a Riga para visitar meus avós, eu resisti e por pouco não chorei. Pareceu-me que estavam me levando para a terra da incompreensível filosofia do meu pai. Pôs-se a caminho a artilharia das caixas de papelão, dos cestos com cadeados pendurados e da bagagem leve e incômoda. As tralhas de inverno receberam um banho de naftalina granulada. Com as espaldeiras encapadas, as poltronas pareciam cavalos brancos. Os preparativos da viagem ao litoral de Riga não me pareciam alegres. Naquela época eu colecionava pregos — o mais absurdo dos caprichos de colecionador. Eu amontoava punhados de pregos, como o Cavaleiro

Avarento,[51] e me alegrava ao ver crescendo minha riqueza farpada. Nesse ínterim, tomaram-me os pregos para usar no encaixotamento.

A viagem foi angustiante. No vagão escuro em direção a Derpt,[52] à noite, com estonianos cantando alto, um *Verein*[53] tomou o vagão de assalto, na volta de um grande festival de canto. Os estonianos chutavam e forçavam a porta. Foi muito assustador.

Meu avô — um velhote de olhos azuis e com um solidéu cobrindo metade da testa, traços altivos e um tanto majestosos, como acontece com judeus muito honoráveis — sorria, irradiava contentamento, procurava ser carinhoso mas não conseguia. As espessas sobrancelhas então se juntavam. Ele quis me pegar no colo, e por pouco não comecei a chorar. Minha boa avó, de peruca de fios pretos sobre os cabelos grisalhos e metida em um roupão com florezinhas amareladas, pisava miúdo as tábuas do assoalho, que rangiam, e estava sempre oferecendo alguma coisa.

Ela perguntava: "Comeram, comeram?" — a única palavra russa que sabia. Mas eu não gostei das guloseimas picantes dos velhos, de seu gosto amargo de amêndoas. Meus pais saíram para a cidade. O vovô pesaroso e a vovó triste e azafamada tentavam entabular uma conversa e se eriçavam como velhas aves ressentidas. Eu me esforçava por explicar que queria minha mãe, eles não entendiam. Foi então que pus os dedos na mesa e com o indicador e o médio imitei um andar representando a evidente intenção de ir embora.

De repente o vovô retirou da gaveta de uma cômoda um lenço de seda amarelo e preto, colocou-o nos meus ombros

---

[51] Personagem da obra homônima, uma das "pequenas tragédias" de Púchkin. (N. do T.)

[52] Atual Tartu, na Estônia. (N. do T.)

[53] Em alemão no original: clube ou sociedade estudantil. (N. do T.)

e obrigou-me a repetir com ele umas palavras formadas por uns ruídos estranhos, mas, descontente com o meu balbucio, zangou-se, balançou a cabeça em sinal de desaprovação. Fiquei sem fôlego e apavorado. Não me lembro de como minha mãe me socorreu.

Meu pai falava constantemente da honestidade do vovô como uma alta qualidade moral. Para um judeu, honestidade é sabedoria, é uma coisa quase sagrada. Quanto mais longe se vai nessas gerações de velhotes severos de olhos azuis, mais honestos e severos eles se tornam. Certa vez meu bisavô Veniâmin disse: "Estou encerrando o negócio e o comércio: não preciso de mais dinheiro"; e teve exatamente o que precisava até o dia da própria morte — não deixou um copeque.

O litoral de Riga é todo um país. É famoso pela areia amarela, viscosa, admiravelmente fina e limpa (só em ampulhetas se vê uma areia assim!) e pelas pontezinhas de uma ou duas tábuas furadas, lançadas sobre um Saara de vinte verstas de *datchas*.

A vastidão ocupada pelas *datchas* no litoral de Riga não se compara à de nenhum outro balneário. As pontezinhas, os canteiros de flores, os jardinzinhos e os globos de vidro se estendem como uma citânia sem fim, tudo na areia amarelo--canário, moída como trigo, feito aquela com que brincam as crianças.

Nos quintais das casas, os letões secam ao sol o linguado, peixe de um olho só, cheio de espinhas e chato como a palma de uma mão larga. Os choros das crianças, os exercícios de piano, os gemidos de pacientes de inúmeros dentistas, o tinido das louças de pequenas *tables d'hôte* das *datchas*, os trinados de cantores e os gritos de entregadores soam sem cessar no labirinto de cozinhas de jardim, padarias e arames farpados, e, até onde a vista alcança, em trilhos sobre os aterros de areia, trafegam trens de brinquedo lotados de "coelhos", que vão saltando pelo caminho, desde o amaneirado

O caos judaico

Bilderlingshof alemão até o compacto Dubbeln judeu com seu cheiro de fraldas.[54] Pelos raros bosquetes de pinheiro vagueiam orquestras ambulantes: duas cornetas, um clarinete e um trombone. Soprando no cobre uma impiedosa nota dissonante, fustigados em toda parte, ora aqui, ora acolá, elas prorrompem na marcha equestre da bela Carolina.

Um barão de monóculo, de sobrenome Firks, possuía toda essa terra. Ele a cercou em duas partes, uma isenta de judeus e outra não isenta. Na parte isenta, estudantes membros de alguma corporação esfregavam suas canecas de cerveja nas mesas. Na parte judaica havia fraldas penduradas e escalas musicais sufocadas. Em Majorenhof,[55] entre os alemães, havia concertos: uma orquestra sinfônica tocava *Morte e transfiguração*, de Strauss, na concha do parque. Ali as alemãs de idade avançada, de faces rosadas e em luto recente, encontravam o seu deleite.

Em Dubbeln, entre os judeus, uma orquestra se embalava com a *Patética* de Tchaikóvski, e ouviam-se duas famílias de cordas fazendo eco uma à outra.

Nessa época eu gostava de Tchaikóvski com uma mórbida tensão nervosa, que lembrava o desejo de Niétotchka Niezvânova, de Dostoiévski, de assistir ao concerto de violinos de trás da flâmula vermelha da cortina de seda. Do outro lado da cerca de arame farpado eu captava claramente as passagens de violino de Tchaikóvski, amplas e suaves, e mais de uma vez rasguei a roupa e arranhei os braços tentando passar para assistir à orquestra de graça na concha acústica. No rústico gramofone produzido pela dissonância das *datchas* eu captava os fragmentos da música intensa dos violi-

---

[54] Eram chamados "coelhos" os passageiros ilegais que pulavam antes da estação para não pagar a passagem. Bilderlingshof (atual Bulduri) e Dubbeln (atual Dubulti) eram estações termais de Riga. (N. do T.)

[55] Atual Majori. (N. do T.)

nos. Não me lembro de como se educou em mim essa veneração pela orquestra sinfônica, mas acho que eu compreendia corretamente Tchaikóvski ao perceber nele o senso peculiar do concerto.

Quão convincentemente ecoavam essas vozes de violino na suja cloaca judaica! Vozes russas, ainda que atenuadas pela indolência italiana. Que fio é esse que se estende desde esses pobres primeiros concertos até o incêndio dócil da Assembleia da Nobreza e o vaidoso Skriábin,[56] prestes a ser esmagado pelo semicírculo de cantores que o rodeiam de todos os lados e pela floresta de violinos do *Prometeu*, sobre a qual se ergue, como um escudo, o receptor acústico, um estranho aparelho de vidro!

---

[56] A Assembleia da Nobreza ficava na praça Mikháilovski, onde hoje estão a Praça das Artes e o Salão Grande da Filarmônica de Petersburgo. Ali, em 1911, deu-se a estreia de *Prometeu: o poema do fogo* (1910), uma das composições mais famosas de Aleksandr Skriábin (1871-1915). (N. do T.)

CONCERTOS DE HOFMANN E KUBELIK

Entre 1903 e 1904 Petersburgo foi testemunha de concertos de grande estilo. Estou falando da loucura desenfreada e ainda não superada dos concertos de quaresma que Hofmann e Kubelik[57] deram na Assembleia da Nobreza. De que eu me lembre, nenhuma solenidade musical posterior, nem mesmo a estreia do *Prometeu* de Skriábin, pôde se comparar a essas orgias pascais no salão de colunas brancas. Chegavam ao furor, ao delírio. Não se tratava de melomania, mas de algo temível e até perigoso que se erguia de uma grande profundidade, uma espécie de sede de agir, de surda intranquilidade pré-histórica que corroesse a Petersburgo de então — o ano de 1905 ainda não havia chegado — e desaguasse no rito original de quase flagelação dos *trabantes*[58] da praça Mikháilovskaia. Na penumbra dos lampiões a gás, o prédio da Assembleia da Nobreza, de múltiplas entradas, era alvo de um verdadeiro cerco. Gendarmes a cavalo, curveteando, introduzindo na atmosfera da praça o espírito da intranquilidade civil, batiam os cascos, gritavam, formavam um anel de proteção em torno da entrada principal. Carruagens de molas com lâmpadas baças deslizavam em um círculo brilhante

[57] Josef Casimir Hofmann (1876-1957), pianista polonês, e Jan Kubelik (1880-1940), violinista tcheco. (N. do T.)

[58] No Renascimento, soldados que faziam a guarda da nobreza. (N. do T.)

e formavam um imponente acampamento negro. Os cocheiros não ousavam chegar até o prédio — pagavam-lhes em movimento e eles batiam em retirada, pondo-se a salvo da ira dos chefes do posto policial. Por entre as correntes tríplices, o petersburguense caminhava como um pequeno e febril peixe ciprinídeo em direção à abertura de mármore do vestíbulo, onde ele desaparecia no edifício invernal, ornamentado de seda e veludo. As poltronas e os lugares atrás delas eram ocupadas segundo a ordem habitual, mas nas espaçosas galerias com entradas laterais as pessoas se amontoavam como pencas humanas em cestos. No seu interior, o salão da Assembleia da Nobreza era amplo, avolumado e quase quadrado. A área do palco ocupava uma boa metade. Nas galerias fazia um calor de verão. No ar ouvia-se um tinido contínuo como cigarras no deserto.

Quem eram Hofmann e Kubelik? Antes de mais nada, na consciência do petersburguense de então, eles se fundiam numa só imagem. Como gêmeos, eram da mesma espécie e tinham a mesma pelagem. Estatura inferior à média, quase fora do normal, cabelos mais negros que a asa de um corvo. Ambos tinham a fronte muito baixa e mãos muito pequenas. Hoje os dois me remetem a embaixadores de uma trupe de liliputianos. Fui levado para reverenciar Kubelik no Hôtel d'Europe, embora eu não tocasse violino. Ele vivia como um verdadeiro príncipe. Acenou com a mão, inquieto, com medo de que o menino estivesse lá para tocar violino, mas logo se acalmou e me deu um autógrafo, que era o que se queria dele.

Mas quando esses dois pequenos semideuses da música, esses dois galãs do teatro liliputiano tinham de abrir caminho para o palco que se curvava sob o peso da multidão, eu sentia medo por eles. Começava como uma fagulha elétrica, como a primeira rajada de uma tempestade que se avizinha. Depois os organizadores desobstruíam a muito custo a passagem entre a multidão e, em meio a um bramido indescritível, emitido de todos os lados pela excitada massa humana, eles conseguiam chegar à estante e ao piano sem fazer reverência nem sorrir, quase trêmulos, com uma expressão como que de raiva no rosto. Até hoje esse tipo de travessia me parece perigoso: não consigo me livrar da ideia de que a multidão, apenas por não saber o que fazer, estivesse disposta a estraçalhar seus favoritos. E então, esses pequenos gênios, exercendo seu domínio sobre uma comovida plebe musical, das damas de honra às estudantes, do mecenas obeso ao repetidor de cabelo arrepiado, com todos os recursos de sua execução, com toda a lógica e o encanto de seu som, faziam tudo para tolher e arrefecer o elemento desenfreado e originalmente dionisíaco. Eu nunca tinha ouvido ninguém produzir ao piano um som tão puro, primordialmente límpido, sóbrio e transparente como água de nascente, e levar o violino a vozes as mais simples, impossíveis de serem decompostas nas fibras que a tecem; nunca mais assisti a um frio alpino de tamanho virtuosismo como na parcimônia, na sobriedade e na nitidez formal desses dois legistas do violino e do piano. Mas tudo o que havia de límpido e sóbrio na sua execução só fazia exasperar e excitar ainda mais, e levar a novos acessos de frenesi a multidão colada às paredes de mármore, pendurada às pencas nas galerias, espalhada em canteiros na plateia e calorosamente comprimida no palco. Tal era a força que residia na execução racional e apurada desses dois virtuoses.

A ESCOLA TÊNICHEV[59]

Na avenida Zagorodni, no pátio de um imenso prédio de habitações de aluguel, de muro branco, visível de longe pela lateral e com um letreiro do conhaque Shustov, umas três dezenas de garotos de calças curtas, meias de lã e camisas inglesas costumavam jogar futebol ao som de gritos terríveis. Todos pareciam ter sido levados à Inglaterra ou à Suíça e ali vestidos em estilo nada russo ou colegial, mas num estilo um tanto cambridgiano.

Lembro-me de uma ocasião solene: o padre untuoso, de sotaina violeta, o público excitado no primeiro dia de aula, e de repente todos se dispersam, começam a cochichar: Witte chegara.[60] Diziam que ele tinha o nariz de ouro, e as crianças, que acreditavam piamente nessa versão, só olhavam para o nariz dele. O nariz, no entanto, era comum e parecia carnudo.

Do que se falou na ocasião eu não me lembro, mas, em compensação, na rua Mokhováia, em nosso próprio anfiteatro, com seus confortáveis assentos de deputados, à maneira

[59] Em 1898, tomando como modelo uma escola doméstica, V. V. Struve fundou a Escola Técnica de Comércio Tênichev, que logo ganhou a reputação de melhor instituição do gênero na Rússia. Mandelstam ingressou em 1900 e foi o aluno mais jovem da sua turma. (N. do T.)

[60] O conde Serguei Witte (1849-1915), magnata das finanças. Entre 1892 e 1906, ocupou os cargos de ministro das Finanças e primeiro-ministro do Império Russo. (N. do T.)

de um parlamento, tinha lugar um ritual bastante elaborado, e, nos primeiros dias de setembro, realizavam-se festas pela prosperidade da escola modelo. Nessas reuniões, parecidas às da Câmara dos Lordes mas com crianças, um velho, o médico sanitarista Aleksandr Virenius, sempre tomava a palavra. Era um velho rosado como a criança de um rótulo da Nestlé. Fazia todos os anos o mesmo discurso — sobre os benefícios da natação. Como a coisa acontecia no outono e até a próxima temporada de natação faltavam uns dez meses, suas manobras e demonstrações pareciam inoportunas, mas todo ano esse apóstolo da natação pregava sua religião às portas do inverno. Outro sanitarista, o professor príncipe Tarkhánov,[61] um fidalgo oriental com barba assíria, ia de carteira em carteira nas aulas de fisiologia e fazia os alunos ouvirem seu coração por baixo de um grosso colete de veludo. Tiquetaqueava não se sabe se o coração ou o relógio de ouro, mas o colete era obrigatório.

Com suas carteiras reclináveis, dividido em setores por oportunas passadeiras e fortemente iluminado do alto, o anfiteatro se punha em combate nos grandes dias e toda a Mokhováia fervia, inundada de policiais e de uma multidão de intelectuais.

Tudo isso no começo dos anos 1900.

O principal locatário do auditório da Tênichev era o Fundo Literário,[62] cidadela do radicalismo, detentor dos direitos de publicação das obras de Nadson. Por sua natureza, o Fundo Literário era uma instituição necrológica: prestava homenagens. Tinha um calendário anual preparado com exa-

---

[61] Ivan Romanovitch Tarkhánov (1846-1908), professor de medicina georgiano. Foi presidente do Conselho de Honra da Escola Tênichev. (N. do T.)

[62] Organização fundada em 1859 pelo jornalista e poeta Aleksandr Drujínin (1824-1864). (N. do T.)

tidão, uma espécie de calendário de santos, e festejava os aniversários de morte e nascimento, se não estou enganado, dos escritores Nekrássov, Nadson, Pleschêiev, Gárchin, Turguêniev, Gógol, Púchkin, Apúkhtin, Nikítin, entre outros. Todas essas exéquias literárias se pareciam umas com as outras, e ainda por cima a escolha das obras a serem lidas pouco levava em conta se o falecido as escrevera.

Começava sempre com o velho Issai Pietróvitch Veinberg,[63] um autêntico bode de manta, declamando: "Como uma cortina infinda abriu-se diante de mim o mar, meu velho amigo".

Depois entrava Samóilov, ator do Teatro Aleksandrínski; batendo no peito, gritando como um possesso e sufocado com os gritos, ele passava a um murmúrio sinistro, declamando o poema "O patrão", de Nikítin.[64]

A isso seguia-se uma declamação do diálogo entre a dama simpática em todos os aspectos e a dama simplesmente simpática, retirado de *Almas mortas*; em seguida vinha "Vovô Mazai e os coelhos" ou "Reflexões à entrada principal", de Nekrássov; Viedrínskaia gorjeava "Vim para te saudar",[65] e tudo terminava com a *Marcha fúnebre* de Chopin.

Essa era a parte literária. Depois entrava a parte cívica. Começava pelas sessões da Sociedade Jurídica, dirigida por

---

[63] Trata-se de Piotr Issáievitch Veinberg (1846-1904), poeta judeu-russo e tradutor. O verso citado é de seu poema "More" ("O mar"). (N. do T.)

[64] Pavel Vassílievitch Samóilov (1866-1931), ator do Teatro Aleksandrínski, conhecido por fazer personagens passivos e incapazes de tomar decisões. Ivan Nikítin (1824-1861) foi um poeta de temas cívicos e sociais; seu poema "O patrão" foi escrito em 1861. (N. do T.)

[65] Maria Andrêievna Viedrínskaia (1877-1948), uma das atrizes do Teatro Aleksandrínski. O poema "Vim para te saudar" (1843) é de Afanássi Fiét. (N. do T.)

Maksim Kovaliévski e Pietrunkiêvitch,[66] nas quais se vertia com um leve murmúrio o veneno constitucional. Impondo-se com sua figura avultada, Maksim Kovaliévski pregava a legalidade oxfordiana. Enquanto cabeças rolavam ao redor, ele pronunciava o mais longo discurso científico sobre o direito à perlustração, isto é, a violação de correspondência privada e, tomando a Inglaterra como exemplo, ele admitia, limitava e por fim cerceava tal direito. Os serviços cívicos eram levados a cabo por Maksim Kovaliévski, Fiódor Róditchev, Nikolai Fiódorovitch Ánnenski, Batiúchkov e Ovsiániko-Kulikóvski.[67]

E, em contiguidade com esse fórum doméstico, recebíamos nossa educação em altos caixotes de vidro, com os parapeitos das janelas aquecidos por calefação a vapor, em salas amplíssimas para vinte e cinco pessoas, e os corredores nunca eram corredores mas altos picadeiros com piso de parquete onde a poeira do sol formava colunas oblíquas, e que cheiravam ao gás dos laboratórios de física. As aulas práticas consistiam em vivissecções desnecessariamente cruéis, em retirar o ar de uma campânula para que um pobre rato morresse asfixiado de barriga para cima, em supliciar rãs, ferver a água cientificamente, tudo acompanhado da descrição des-

---

[66] Maksim Maksímovitch Kovaliévski (1851-1916), professor de direito comparado da Universidade de Moscou, deputado e editor do jornal *Mensageiro da Europa* (*Viéstnik Evropi*). Ivan Ilitch Pietrunkiêvitch (1843-1928), político liberal e editor do jornal *A Voz* (*Gólos*). Ambos são membros fundadores do partido dos Kadetes. (N. do T.)

[67] Fiódor Izmailóvitch Róditchev (1854-1933), político e membro da Duma estatal. Nikolai Fiódorovitch Ánnenski (1843-1912), economista e fundador do partido dos Socialistas Populares, composto de dissidentes do Partido Socialista Revolucionário. Fiódor Dmítrievitch Batiúchkov (1857-1920), crítico literário e professor da Universidade de São Petersburgo. Dmitri Nikoláievitch Ovsiániko-Kulikóvski (1853-1920), crítico literário e linguista, foi editor do *Mensageiro da Europa*. (N. do T.)

se processo, e em derreter varetas de vidro com um maçarico a gás.

O cheiro desagradável e adocicado do gás nos laboratórios nos deixava com dor de cabeça, mas para a maioria das crianças inábeis, não muito sadias e nervosas, o verdadeiro inferno era o trabalho manual. No fim do dia, indolentes por causa das aulas saturadas de conversas e demonstrações, nós arquejávamos no meio de aparas e serragem sem saber serrar uma tábua. O serrote serpenteava, a plaina se torcia, o formão batia nos dedos; não saía nada. O instrutor se ocupava de dois ou três meninos habilidosos, os demais amaldiçoavam todo trabalho manual.

Nas aulas de alemão a gente cantava "O Tannenbaum, O Tannenbaum" sob a regência da *Fräulein*, que costumava trazer para a sala de aula fotos de lácteas paisagens dos Alpes, com vacas leiteiras e casinhas cobertas de telhas.

Uma corrente militar, privilegiada, quase nobre, infiltrava-se constantemente na Escola; eram os filhos das famílias dirigentes, que comandavam os intelectuais frouxos, e acabavam ali por um estranho capricho dos seus pais. Um certo Voievodski, filho do camareiro-mor, bonitão, o semblante clássico, estilo Nicolau I, proclamou-se *voievóda*[68] e obrigou a todos que lhe prestassem juramento beijando a cruz e o Evangelho.

Eis uma breve galeria da minha turma. Vâniucha[69] Korsakov, apelidado de Almôndega: balofo, cabelo tipo cuia, camisa russa com uma faixa de seda na cintura, tradição das famílias ligadas ao *zemstvo*[70] (os Pietrunkiêvitch, os Ródit-

[68] Chefe de tropas na Rússia antiga ou administrador de distrito entre os séculos XVI e XVIII. (N. do T.)
[69] Diminutivo de Ivan. (N. do T.)
[70] Sistema de administração local que vigorou entre 1864 e 1918,

chev). Baratz (a família era amiga de Stassiuliévitch):[71] mineralogista apaixonado, mudo feito peixe, só falava de quartzos e micas. Leonid Zarúbin: grandes industriais do carvão da bacia do Don; inicialmente, produtores de dínamos e acumuladores elétricos; posteriormente, nada além de Wagner. Przesiecki, da pequena nobreza rural polonesa, especialista em cusparadas. O primeiro aluno Slobodzinski: criatura da segunda parte de *Almas mortas*, incinerada por Gógol; tipo positivo de intelectual russo, místico moderado, amante da verdade, bom em matemática e entendido em Dostoiévski; depois dirigiu uma emissora de rádio. Nadiéjdin, sem origem nobre: o odor azedo dos apartamentos dos pequenos funcionários; gaiato e leviano porque nada tinha a perder. Os gêmeos Krupiénski: latifundiários da Bessarábia, conhecedores de vinhos e de judeus. Por último, Boris Sinani: homem da geração que está em ação, maduro para grandes acontecimentos e um trabalho histórico; morreu pouco depois de concluir os estudos. Ah, como teria brilhado nos anos da Revolução!

Ainda hoje existem velhas senhoras e boas almas provincianas que, quando querem elogiar alguém, dizem: "Uma personalidade luminosa". E eu entendo o que elas querem dizer. Sobre o nosso Ostrogorski não se pode falar de outra forma senão na linguagem daquela época, e a grandiloquência antiquada dessa expressão absurda já não parece ridícula. Só nos primeiros anos do século tremularam as abas da roupa de Ostrogorski pelos corredores da Escola Tênichev. Ele era míope, apertava os olhos e uma luz de malícia irradiava de seu olhar: era um gorila de fraque, escrofuloso, barba e

---

onde os representantes regionais eram eleitos pelas classes abastadas. (N. do T.)

[71] Mikhail Stassiuliévitch (1826-1911), historiador e jornalista, foi editor do jornal *Mensageiro da Europa*. (N. do T.)

cabelos de um ruivo dourado. Estou certo de que havia algo de tchekhoviano em seu sorriso inimaginável. Não se acomodaria ao século XX, embora quisesse chegar a ele. Gostava de Blok (desde tão cedo!) e o publicava em sua revista *Formação*.[72] Era um administrador imprestável, limitava-se a apertar os olhos e sorrir, e era muito distraído; raramente se conseguia conversar com ele. Sempre respondia com um gracejo, mesmo quando não era necessário. "Você tem aula de quê?" "Geologia." "Geologia é você!" Com seu sorriso segurava toda a escola, com todas as suas carochinhas humanistas.

Ainda assim, no Tênichev havia bons meninos. Da mesma carne e do mesmo sangue que as crianças dos retratos de Serov.[73] Pequenos ascetas, monges em seu mosteiro infantil, em cujos cadernos, instrumentos, frascos e livros alemães havia mais espiritualidade e harmonia do que no mundo adulto.

---

[72] Aleksandr Ostrogorski (1868-1908), pedagogo, jornalista e o primeiro diretor da Escola Tênichev. Entre 1907 e 1908, editou a revista infantil e juvenil *Formação* (*Obrazovánie*). (N. do T.)

[73] Valentin Serov (1865-1911), pintor russo, autor de famosos retratos infantis como *Mika Morozov* (1901). (N. do T.)

SERGUEI IVÁNITCH[74]

Ano de mil novecentos e cinco — quimera da revolução russa, com os olhos de lince dos gendarmes e o casquete azul dos estudantes! Já de longe os petersburguenses te farejavam, captavam o trepidar dos cascos dos teus cavalos e ficavam arrepiados com as correntes de ar nos salões impregnados de álcool da Academia de Medicina Militar, ou na compridíssima *jeu de paume*[75] da Universidade Mênchikov, quando, como um leão enfurecido, o futuro porta-voz dos armênios rugia contra os mirrados SR e SD,[76] e os que deveriam ouvi-lo espichavam o pescoço de passarinho. A memória gosta de captar no escuro, e foi em meio à escuridão que tu surgiste, no instante em que a Niévski piscou uma, duas, três vezes as suas longas pestanas elétricas, mergulhou na noite profunda e, do breu das trevas densas, bem no fim da avenida, brotou a quimera com os olhos de lince dos gendarmes, num achatado quepe de estudante.

[74] Serguei Ivánovitch Beliávski (1883-1953), astrônomo e diretor do observatório de Púlkovo. (N. do T.)

[75] Em francês, no original: salão para o jogo homônimo, semelhante ao tênis. (N. do T.)

[76] O Partido Socialista Revolucionário (SR, que os russos pronunciam *essér*) foi fundado em 1901 por Viktor Tchernóv. O Partido Social Democrata (SD) foi o primeiro nome do Partido Operário Social Democrata Russo, futuro Partido Bolchevique e posteriormente Partido Comunista único. (N. do T.)

Para mim, o ano de mil novecentos e cinco está todo em Serguei Ivánitch. Houve muitos desses explicadores da revolução. Um de meus amigos, pessoa arrogante, dizia não sem fundamento: "Há pessoas-livro e pessoas-jornal". O coitado do Serguei Ivánitch nada tinha a ver com essa divisão, para ele seria necessário uma terceira classificação: há pessoas-apostila.[77] As apostilas da revolução exalavam dele, farfalhavam como papel de seda em sua cabeça resfriada; ele sacudia a literatura clandestina, de leveza etérea, para fora dos canhões da manga de seu casaco azul-marinho da cavalaria, e de seu cigarro saía uma fumaça proibida, como se fosse enrolado com papel ilegal.

Não sei onde e como Serguei Ivánitch se especializou. Esse lado da sua vida me estava vedado por causa da minha pouca idade. Mas uma vez ele me levou para a sua casa e eu vi seu gabinete de trabalho, sua cama e seu laboratório. Nesse período nós fizemos um trabalho imenso e majestosamente estéril: escrevemos um relatório sobre as causas da queda do Império Romano. De um fôlego só, Serguei Ivánitch me ditou em uma semana cento e trinta e cinco páginas de um caderninho encerado, escritas em letra miúda. Ele não meditava, não fazia correções a partir das fontes; como uma aranha, tecia — parece que da fumaça do cigarro — os fios pegajosos de uma fraseologia científica, espalhando períodos e atando feixes de traços econômicos e sociais. Era agregado em nossa casa, como muitos outros. Não era assim que os romanos alugavam escravos gregos para brilhar no jantar com suas tábuas de tratados científicos? No auge do referido trabalho, Serguei Ivánitch me levou para a sua residência.

---

[77] No original: *podstrotchnik*, apostilas escolares ou livros de estudo que traziam um texto em língua estrangeira e uma tradução literal, com comentários gramaticais. (N. do T.)

Morava num cortiço[78] da avenida Niévski, depois da estação ferroviária Nikoláievski, onde, abandonado todo e qualquer esboço de elegância, todos os prédios são cinzentos como gatos. Estremeci com o cheiro carregado e acre da moradia de Serguei Ivánitch. O quarto, anos a fio abafado e impregnado de fumaça de cigarro, já não continha ar, mas alguma substância desconhecida, com outro peso específico e outras propriedades químicas. E involuntariamente me veio à lembrança a gruta do cão, em Nápoles, que conhecemos nas aulas de física.[79] Pelo visto, desde que ele passara a morar ali, nada apanhou do chão nem mudou de lugar, tratando a disposição das coisas como um autêntico daroês e lançando para sempre ao chão tudo o que achava desnecessário. Em casa Serguei Ivánitch ficava sempre deitado. Enquanto ele ditava, eu olhava de esguelha para a sua roupa de cama tisnada; qual não foi minha surpresa quando ele anunciou um intervalo e preparou dois copos de um excelente chocolate grosso e aromático. Acontece que ele era apaixonado por chocolate. Preparava-o com maestria e bem mais forte que o de costume. O que se pode concluir? Seria Serguei Ivánitch um sibarita ou teria o demônio do chocolate se instalado nele, aderindo ao asceta, ao niilista? Ó autoridade sombria de Serguei Ivánitch, ó profundezas ilegais, ó japona da cavalaria e calças de lã da gendarmeria! Seu andar parecia o de um homem que acabaram de capturar, e que procura assumir ares de indiferença enquanto o conduzem pelos braços perante à presença de um temível sátrapa. Caminhar com ele pelas ruas era pu-

---

[78] A expressão "v sótikh nomerakh", como observou Boris Schnaiderman, "parece derivar de *sotie*, colmeia [...], os quartos divididos por tabiques que lembram uma colmeia". Daí minha opção pelo termo "cortiço". (N. do T.)

[79] Local com grande concentração de gás carbônico. (N. do T.)

ro prazer, porque ele apontava sem o menor medo para todos os espiões do governo.

Acho que ele mesmo parecia um espião, não sei se por causa das reflexões permanentes sobre o assunto, se pela lei do mimetismo, pela qual os pássaros e as borboletas recebem do rochedo a sua cor e plumagem. O fato é que em Serguei Ivánitch havia qualquer coisa de gendarme. Era enojado, rabugento, contava piadas de generais com voz roufenha, pronunciava com gosto e repugnância as patentes civis e militares dos cinco primeiros graus.[80] Sonolenta e amassada como um quepe de estudante, sua cara exprimia pura rabugice de gendarme. Para ele, cobrir de lama a cara de um general ou conselheiro efetivo de Estado era a felicidade suprema, supondo-se por felicidade um limite matemático um tanto abstrato.

Assim, a piada saía de seus lábios quase como um teorema. Um general rejeita todos os pratos de um cardápio e sentencia: "Que porcaria!". Ouvindo o general, um estudante lhe pede que recite todas as suas patentes de serviço e, recebida a resposta, sentencia: "Só isso? Que porcaria!".

Em algum lugar de Siedlce ou Rivne,[81] Serguei Ivánitch, na certa ainda um menino terno, desgarrou-se do rochedo administrativo-policial. Pequenos governadores da região ocidental estiveram em sua terra, e ele mesmo, já explicador da revolução e dominado pelo demônio do chocolate, propôs casamento à filha de um governador, pelo visto também desgarrada de modo irreversível. É claro que Serguei Ivánitch não era um revolucionário. Que fique para ele a alcunha: ex-

---

[80] No Império Russo, os funcionários civis também eram classificados com patentes militares. (N. do T.)

[81] Siedlce: cidadezinha da região de Lublin, na Polônia. Rivne: cidade ucraniana na região da Volínia, foi parte da Polônia entre 1921 e 1939. (N. do T.)

plicador da revolução. Como uma quimera, ele se dissolveu à luz do sol histórico. À medida que se aproximava o ano de 1905 e a hora decisiva, seu mistério se condensava, e crescia sua autoridade sombria. Ele teria de revelar-se, teria de resolver-se por alguma coisa, nem que fosse mostrar o revólver de um comando de defesa ou dar outra prova material de sua consagração à revolução.

E eis que em 1905, o mais inquietante dos anos, Serguei Ivánitch se torna tutor de pequeno-burgueses dóceis e seguramente assustados, e, com os olhos semicerrados de satisfação, feito um gato, traz provas fidedignas de um pogrom da intelectualidade de Petersburgo que sem falta aconteceria em dia tal. Como membro do comando de defesa, ele prometia aparecer de Browning, garantindo total segurança.

Tive oportunidade de encontrá-lo muito depois de 1905: perdera toda a cor, estava sem face, a tal ponto os seus traços haviam-se apagado e descorado. Uma leve sombra da antiga rabugice e autoridade. Arranjara colocação e servia como assistente no Observatório de Astronomia da Torre de Púlkovo.

Se Serguei Ivánitch tivesse se transformado num puro logaritmo da velocidade dos astros ou numa função do espaço, eu não me surpreenderia; ele era uma quimera a tal ponto que tinha de deixar a vida.

IÚLI MATVIÊITCH

Enquanto Iúli Matviêitch[82] subia ao quinto andar, dava tempo de ir várias vezes até a portaria e voltar. Levavam-no seguro pelo braço, parando em cada lance da escada; na portaria ele fazia uma pausa, esperando que lhe tirassem a peliça. Baixinho, pernas curtas, a velha peliça de castor até os calcanhares, metido num pesado gorro de pele, ele resfolegava enquanto o libertavam do casaco quente e sentava-se no divã com as pernas esticadas feito criança. Sua aparição em casa significava conselho familiar ou suspensão de algum bafafá na família. No fim das contas, toda família é um Estado. Gostava das querelas familiares como um verdadeiro homem de Estado gosta de complicações políticas. Não tinha família, e para a sua atividade escolheu a nossa, como família sumamente difícil e confusa que era.

Uma alegria incontida se apossava de nós, crianças, sempre que lhe avistávamos a cabeça ministerial, que lembrava comicamente a de Bismarck, de uma calvície macia como a de um recém-nascido, descontados três fios de cabelo no cocuruto.

Iúli Matviêitch respondia a perguntas com um som estranho e indefinido de timbre profundo, como que tirado de um cornetim de chaves por um músico inábil, e só depois de

---

[82] Matviêi Iúlievitch Rosenthal, amigo da família Mandelstam. (N. do T.)

emitir seu som prévio começava a falar com a sua expressão de sempre: "Eu já lhe disse", ou "Eu sempre lhe disse".

Sem filhos, Iúli Matviêitch, esse desamparado Bismarck pinípede de família estranha, infundia-me uma profunda compaixão. Ele cresceu em meio a fazendeiros negociantes do sul, entre a Bessarábia, Odessa e Rostóv.

Quantas empreitadas foram levadas a cabo, quantos vinhedos e haras foram vendidos com a participação do tabelião grego nas porcarias de quartos dos hotéis de Kichinióv e Odessa!

O tabelião grego, o fazendeiro esperto e o secretário de província moldavo, todos eles, metidos em casacões brancos, sacudiam-se nas estradas reais em carruagens e caleches com baldaquins, num calor colérico, pelos caminhos da província. Ali se acumulava grande experiência e aumentava-se o capital, e paralelamente crescia o epicurismo. Braços e pernas já não respondiam, transformavam-se em nadadeiras, e Iúli Matviêitch, almoçando com um dirigente e um empreiteiro nos hotéis de Kichinióv e Rostóv, chamava o criado com aquele mesmo som indefinido de cornetim de chaves de que já falamos. Aos poucos ele se transformou em um verdadeiro general judeu. Feito de ferro fundido, ele poderia servir de monumento, mas onde e quando o ferro fundido poderia reproduzir os três fios de cabelo de Bismarck? A visão de mundo de Iúli Matviêitch constituía algo sábio e convincente. Suas leituras preferidas eram Mênchikov e Renan,[83] combinação à primeira vista estranha, mas, pensando bem, até para um membro do Conselho de Estado seria impossível ima-

---

[83] Mikhail Óssipovitch Mênchikov (1859-1919), jornalista reacionário, colaborador do jornal *Novo Tempo* (*Nóvoie Vriêmia*). Joseph Ernest Renan (1823-1892), filólogo e historiador francês cujas obras partem de premissas do racismo científico de sua época. Ambos foram antissemitas notórios. (N. do T.)

ginar leitura melhor. De Mênchikov ele dizia que era uma "cabeça inteligente", e levantava o braço senatorial; com Renan concordava decididamente em tudo o que se referia ao cristianismo. Iúli Matviêitch desprezava a morte, detestava médicos e em tom de sermão gostava de contar como escapara ileso do cólera. Quando jovem estivera em Paris, e uns trinta anos depois da primeira viagem, achando-se lá novamente, não quis de maneira nenhuma ir a nenhum outro restaurante e procurou com afinco um tal de *Coq d'Or*, onde outrora o haviam alimentado bem. Mas o *Coq d'Or* já não existia, apareceu um *Coq* mas não era o tal, e mesmo este só foi encontrado a muito custo. Iúli Matviêitch escolhia os pratos no menu com ar de *gourmet*, o criado suspendia a respiração à espera do pedido delicado e fino, e então ele se decidia por uma xícara de caldo de galinha. Receber dez, quinze rublos de Iúli Matviêitch não era coisa fácil: ele levava mais de hora pregando sabedoria, epicurismo e "Eu já lhe disse". Depois ficava um tempão andando miúdo pelo quarto à procura da chave, rouquejava e metia-se com as gavetas secretas.

    A morte de Iúli Matviêitch foi um horror. Morreu como o velho de Balzac, quase posto no olho da rua pela forte e astuta família de comerciantes para a qual, já na velhice, ele havia transferido sua atividade de Bismarck doméstico e se deixado dominar.

    Expulsaram o moribundo Iúli Matviêitch para fora do seu escritório comercial na rua Raziêzjaia e alugaram um quarto para ele em uma pequena *datcha* na rua Liesnáia.

    Sentado com a barba por fazer e um aspecto horrível, ele segurava uma escarradeira e o jornal *Novo Tempo*. A barba suja cobria as bochechas mortas e azuladas, e com a mão trêmula ele corria uma lupa pelas linhas do jornal. Um pavor mortal se refletia nas pupilas escuras afetadas pela catarata. Uma criada colocava um prato diante dele e se ia no mesmo instante, sem perguntar do que ele precisava.

Um imenso número de parentes honoráveis que não se conheciam acompanhou o funeral de Iúli Matviêitch, enquanto o sobrinho, empregado do Banco de Azóv e do Don, pisava miúdo com as pernas curtas e balançava a pesada cabeça de Bismarck.

O PROGRAMA DE ERFURT[84]

"Por que você está lendo panfletos? Que utilidade tem isso?", ouço ao meu ouvido a voz do inteligentíssimo V. V. H.[85] "Você quer conhecer o marxismo? Então pegue *O Capital* de Marx." Peguei, malogrei e larguei — voltei para os panfletos. Teria o meu maravilhoso mestre da Tênichev me embromado? Tanto faz *O Capital* de Marx como a *Física* de Kraiêvitch. Por acaso Kraiêvitch dá frutos? Mas o panfleto deposita uma larva, e essa é a sua função. E da larva germina uma ideia.

Que mistura, que verdadeira diversidade de vozes povoava a nossa escola, onde a geografia, entre baforadas de cachimbo com tabaco Capstan, se transformava em piadas sobre trustes americanos. Quanta história se debatia e girava em torno desta estufa sobre pernas de galinha[86] e das partidas trogloditas de futebol.

[84] Resultado do congresso do Partido Social-Democrata da Alemanha, realizado na cidade de Erfurt em 1891, este programa reconhecia a iminente morte do capitalismo. Uma vez que a revolução era inevitável e deveria vir de baixo, o papel da intelectualidade deveria ser apenas o de conquistar melhorias para a classe trabalhadora por meio da participação legal. (N. do T.)

[85] Valentin Vassílievitch Hippius (1876-1941), poeta simbolista e professor na Escola Tênichev. (N. do T.)

[86] Referência aos versos de Púchkin "A pequena isbá sobre pernas de galinha/ Sem portas nem janelas", de *Ruslan e Liudmila* (1820). A ima-

Não, os meninos russos não são como os ingleses, não se pode prendê-los nem com esporte nem com a água fervida das performances amadoras. Mesmo na mais cálida, na mais esterilizada das escolas russas, a vida irromperá com seus interesses inesperados e passatempos intelectuais incontidos, da mesma forma como irrompeu certa vez no Liceu de Púchkin.[87]

Um volume de *Libra* na carteira, ao lado de escória e raspas de metal da fábrica Obukhov e, como se houvesse algum acordo, nenhuma palavra sobre Bielínski, Dobroliúbov e Píssariev.[88] Balmont, em compensação, era estimado e até que tinha bons imitadores. O SD corta o pescoço do populista e lhe bebe o sangue SR, enquanto este clama inutilmente pela ajuda dos seus santos — Tchernóv, Mikhailóvski e até... das *Cartas históricas* de Lavróv.[89] Absorvia-se sequio-

---

gem é recorrente nos *skazki*, os contos maravilhosos russos, e demarca os limites entre o mundo real e o fantástico. (N. do T.)

[87] O liceu de Tsárskoie Sieló (Aldeia do Tsar) foi construído em 1811 por Alexandre I. Era uma escola de viés progressista e com a finalidade de preparar jovens aristocratas para os altos cargos do Estado russo. Púchkin estudou nesse estabelecimento, assim como os nobres que viriam a ser, em 1825, os principais envolvidos na Revolta Dezembrista. (N. do T.)

[88] Críticos progressistas do campo radical: Vissarion Bielínski (1811-1848), considerado o fundador da crítica literária russa; Nikolai Dobroliúbov (1836-1861) e Dmitri Píssariev (1840-1868), seus continuadores, de posições frequentemente descritas como "utilitaristas" ou "niilistas". *Libra* (*Viessí*) foi uma das principais revistas do movimento simbolista russo, editada em Moscou de 1904 a 1909. Konstantin Balmont (1867-1942) foi um dos primeiros poetas simbolistas russos. (N. do T.)

[89] Teóricos do populismo russo: Viktor Tchernóv (1873-1952), um dos fundadores e dirigentes do partido SR, foi ministro da Agricultura em 1917, durante o governo provisório; Nikolai Mikhailovski (1842-1904) foi também crítico literário; Piotr Lavróv (1823-1900) conviveu no exílio com Karl Marx, tomou parte nos trabalhos da Primeira Internacional e participou da Comuna de Paris. (N. do T.)

samente tudo o que era *visão de mundo*. Repito: meus colegas não conseguiam suportar Bielínski, pela vagueza da sua visão de mundo, mas gostavam de Kautsky[90] e, paralelamente, do arcipreste Avvakum, cuja *Vida*,[91] na edição Pávlenkov, fazia parte do nosso programa de literatura russa.

É claro que aí nada disso seria possível sem V. V. H., moldador de almas e mestre para pessoas notáveis (só não havia gente assim à disposição). Mas disto falaremos depois; por ora, salve e adeus Kautsky, réstia vermelha da aurora marxista!

Programa de Erfurt, propileu marxista! Cedo, cedo demais você acostumou nossos espíritos à coerência, mas a mim e a muitos outros deixou uma ideia de como era a vida nos tempos pré-históricos, quando o pensamento ansiava por unidade e coerência, quando aprumava-se a espinha dorsal do século, quando o coração mais precisava do sangue vermelho da aorta. E Kautsky por acaso é Tiúttchev? Por acaso lhe foi dado suscitar sensações cósmicas ("e o fio fino da aranha treme no sulco vazio"[92])? Imagine-se que, em uma certa idade e em um certo momento, Kautsky (eu o menciono, é claro, como exemplo, mas poderia dizer o mesmo de Marx

---

[90] Karl Kautsky (1842-1904), teórico marxista influente na Segunda Internacional e um dos formuladores do Programa de Erfurt. Polemizou com os bolcheviques nos anos 1930, alegando que a revolução, antecipada por um grupo minoritário de intelectuais, não havia trazido quaisquer benefícios aos trabalhadores. Foi responsável pela edição do quarto volume de *O Capital*, com base nas anotações de Karl Marx. (N. do T.)

[91] Avvakum Pietróvitch (1620-1682), arcipreste da Catedral de Kazan e líder do cisma da Igreja Ortodoxa Russa, motivo pelo qual foi perseguido, aprisionado e morto. Sua obra *A vida do protopope Avvakum, escrita por ele mesmo* é uma inovação no gênero hagiográfico e um dos primeiros livros escritos em russo vernáculo. (N. do T.)

[92] Citação imprecisa de "Iêst v ôsseni pervonatchálnoi" (1857), poema de Fiódor Tiúttchev. (N. do T.)

ou Plekhánov,[93] inclusive com mais justiça) é *o próprio* Tiúttchev, ou seja, uma fonte de alegria cósmica, o expoente de uma visão de mundo forte e coerente, o "caniço pensante", e um "manto lançado sobre um abismo".[94]

Naquele mesmo ano, um outono claro caía sobre Segewold,[95] na margem do encaracolado rio Aa, e teias de aranha se estendiam pelos campos de cevada. Haviam acabado de queimar as propriedades dos barões e, depois da pacificação, um silêncio cruel erguia-se dos anexos de tijolos calcinados. De raro em raro aparecia na estrada alemã de chão duro um carro de duas rodas, com o administrador e um guarda, e algum brutamontes letão tirava o chapéu. Nas margens estratificadas, de um vermelho de tijolo e rasgadas por cavernas, um riozinho romântico corria como uma ondina alemã, e os burgos afundavam até as orelhas no capinzal. Os habitantes guardam uma vaga lembrança de Konievskoi, que se afogou nesse rio.[96] Esse jovem atingiu uma maturidade precoce e por isso não é lido pela juventude russa: seus versos difíceis murmuravam como as raízes de um bosque. Em Segewold, com o programa de Erfurt nas mãos, eu estava espiritualmente mais próximo de Konievskoi do que se poetas-

---

[93] Gueorgui Plekhánov (1856-1918), um dos primeiros teóricos marxistas russos, cujos esforços se concentraram em aproximar o movimento revolucionário russo dos social-democratas alemães. Foi um crítico ferrenho dos bolcheviques. (N. do T.)

[94] Alusão a dois poemas de Tiúttchev, "Pievútchest iêst v morskíkh volnákh" (1865) e "Sviátaia notch na niebosklón vzochlá" (1850). (N. do T.)

[95] Atual Sigulda, cidade histórica da Letônia, nos arredores de Riga. O rio Aa também é conhecido como Gauja. Em 1905, Segewold foi uma das várias localidades em que se deram as revoltas que levaram à conquista da primeira constituição russa. (N. do T.)

[96] Ivan Iványovitch Konievskoi (1877-1901), poeta simbolista russo. (N. do T.)

se à maneira de Jukovski e dos românticos, uma vez que aquele mundo visível — com a cevada, os caminhos dos vilarejos, os castelos e as teias de aranha ao sol — eu conseguira povoar, socializar, disseminando esquemas, colocando abaixo do firmamento azul escadas nem de longe bíblicas, por onde subiam e desciam não os anjos de Jacó mas pequenos e grandes proprietários, passando por todos os estágios da economia capitalista.

O que pode ser mais forte, mais orgânico? Eu sentia todo o mundo como uma economia, a economia dos homens. E os fusos da indústria doméstica inglesa, há cem anos mergulhados no silêncio, ecoavam no ar sonoro do outono. Sim, com ouvidos tornados atentos e ávidos pela longínqua debulhadora no campo, eu escutava não a cevada inchando e ganhando peso nas espigas, não como inchava e ganhava peso a maçã do norte, mas o mundo, o mundo capitalista que inchava para cair!

A FAMÍLIA SINANI

Quando cheguei à turma, já marxista e inteiramente preparado, um adversário muito sério me esperava. Depois de prestar atenção aos meus discursos presunçosos, chegou-se a mim um rapazola metido em um cinto fino, de cabelos quase ruivos e todo como que estreito: estreito de ombros, um rosto estreito, valente e meigo, mãos estreitas e pés pequenos. Acima da boca, uma impigem vermelha como uma marca de fogo. Suas roupas tinham pouca semelhança com o estilo anglo-saxão da Escola Tênichev, e parecia que haviam pego as calças e a camisa pra lá de velhas, esfregado forte com sabão na água fria do rio, secado ao sol e entregado para ele vestir sem que passassem pelo ferro. Qualquer um que olhasse para ele diria: que ossos leves! Mas, olhando-lhe a testa, modestamente alta, ficaria admirado com os olhos ligeiramente vesgos ensaiando um risinho esverdeado, e se deteria diante da expressão daquela boca pequena, cheia de uma vaidade amarga. Quando se fazia necessário, seus gestos eram largos e abrangentes, como os de um garoto brincando com ossinhos em alguma escultura de Fiódor Tolstói,[97] mas ele evitava movimentos bruscos e conservava a precisão e a leveza para a brincadeira; seu andar, surpreendentemente leve, era um andar descalço. Ficaria bem com um mastim aos pés e

---

[97] Fiódor Tolstói (1783-1873), artista russo, autor de esculturas, relevos, pinturas e medalhões de estilo neoclássico. (N. do T.)

uma vara na mão. Nas faces e no queixo tinha uma penugem de animal. Era algo entre um menino russo brincando do jogo do prego[98] e um João Batista italiano com um nariz ligeiramente aquilino.

Ele se propôs ser meu mestre, e eu não o abandonei enquanto esteve vivo, e o seguia extasiado com a clareza da sua inteligência, com seu ânimo e presença de espírito. Morreu às vésperas da chegada dos dias históricos para os quais se havia preparado, para os quais a natureza o preparara, justamente no momento em que o mastim estava pronto a se lhe deitar aos pés e a vara fina do Precursor devia ser substituída pelo cajado do Pastor. Chamava-se Boris Sinani. Pronuncio este nome com ternura e respeito. Era filho do famoso médico de Petersburgo Boris Naúmovitch Sinani, que tratava por hipnose. A mãe era russa, mas o pai, Sinani, era um caraíta[99] da Crimeia. Talvez viesse daí a dualidade da sua figura — um rapazola russo do tipo de Nóvgorod, um nariz aquilino nada russo, a penugem dourada de um pastor de ovelhas das montanhas Iailá. Desde os primeiros dias de sua existência consciente, seguindo as tradições de uma família estável e sumamente interessante, Boris Sinani se considerava o receptáculo escolhido do populismo russo.[100] Creio que não era a teoria do populismo que o cativava, mas o sistema espiritual. Nele se percebia um realista disposto a abandonar todas as reflexões no momento apropriado para lançar-se à ação, mas, por

---

[98] Jogo popular que consiste em cravar com um arremesso um prego grande e grosso no centro de uma argola fixa no chão. (N. do T.)

[99] Judeus de língua turca estabelecidos na Crimeia, Lituânia e Galícia desde o século XIV. Sua religião difere do judaísmo rabínico pela rejeição ao Talmude. (N. do T.)

[100] O populismo russo (*narodnitchestvo*, de *narod*, "povo") foi um movimento socialista agrário dos anos 1860-70, de fundamentos pré-marxistas e sem relação com o nosso uso corrente do termo. (N. do T.)

A família Sinani

ora, seu realismo juvenil, que não tinha nada de superficial ou mortificante, era sedutor, e transpirava nobreza e uma espiritualidade inata. Com mão habilidosa, Boris Sinani extraiu dos meus olhos a catarata que, segundo ele, escondia de mim a questão agrária. Os Sinani moravam na rua Púchkin, defronte ao hotel Palais-Royal. Era uma família poderosa pela força de seu caráter intelectual, que por vezes passava a um primitivismo eloquente. O doutor Boris Naúmovitch Sinani parecia morar há muito tempo na rua Púchkin. O porteiro grisalho alimentava um respeito ilimitado por toda a família, começando pelo feroz psiquiatra Boris Naúmovitch e terminando na pequena corcunda Liénotchka.[101] Ninguém cruzava a entrada daquela residência sem tremer, uma vez que Boris Naúmov se reservava o direito de pôr para fora quem não gostasse, fosse um paciente ou simplesmente uma visita que dissesse alguma bobagem. Boris Naúmovitch Sinani era médico e testamenteiro de Gleb Uspiênski e amigo de Nikolai Konstantínovitch Mikhailovski,[102] mas nem de longe ofuscado por suas personalidades, e era ainda conselheiro e confidente de membros do Comitê Central do Partido Socialista Revolucionário daqueles tempos.

Sua aparência era a de um judeu caraíta atarracado — ele até usava o chapéu dos caraítas —, de um rosto rígido e inusitadamente pesado. Não era qualquer um que conseguia resistir àquele olhar feroz e inteligente por trás dos óculos. Mas, por outro lado, quando ele sorria com a barba encaracolada e rala, seu sorriso era todo infantil e encantador. O acesso ao gabinete de Boris Naúmovitch sofria o mais rigo-

---

[101] Diminutivo de Ielena. (N. do T.)

[102] Figuras centrais do movimento populista russo. Gleb Uspiênski (1843-1902) foi um escritor cuja obra teve grande influência sobre Tchekhov e Górki; Nikolai Mikhailovski (1842-1904) foi também sociólogo e crítico literário. (N. do T.)

roso veto. Aliás, lá dentro ficava o emblema seu e de toda a casa: um retrato de Schedrin,[103] que olhava de esguelha, franzindo o frondoso sobrolho de governador e ameaçando as crianças com a terrível pá de sua barba eriçada. Esse Schedrin era algo entre um governador e o demônio Vyi, de Gógol, e era aterrador, sobretudo no escuro. Boris Naúmovitch era viúvo, levava uma teimosa viuvez de lobo. Morava com um filho e duas filhas; Jênia, a mais velha, vesga como uma japonesa, miniaturesca e elegante, e Lena, baixinha e corcunda.[104] Tinha poucos pacientes, mas os mantinha escravos do pavor, especialmente as mulheres. Apesar da grosseria com que as tratava, elas lhe davam pantufas bordadas e sapatos de couro. Em seu gabinete de couro sob o retrato de Schedrin, ele vivia como um guarda florestal na guarita, cercado de inimigos por todos os lados: misticismo, asneiras, histeria e grosseria. Vivendo com lobo, uivando com ele.

Mesmo entre as pessoas notáveis daquele tempo, a autoridade de Mikhailovski era evidentemente imensa, e é pouco provável que Boris Naúmovitch aceitasse tal fato com tranquilidade. Como racionalista extremado e por força de uma contradição fatal, ele mesmo necessitava de autoridade e se martirizava com isso. Quando aconteciam reviravoltas radicais na vida política ou social, em casa sempre nos perguntávamos o que Nikolai Konstantínovitch diria; algum tempo depois, na casa de Mikhailovski reunia-se efetivamente o senado da *Riqueza Russa*,[105] e Nikolai Konstantínovitch

---

[103] Mikhail Saltikov-Schedrin (1826-1889), popular satirista russo. Foi também editor da revista *Otiétchestvennie Zapiski* (*Anais da Pátria*). O retrato mencionado foi feito em 1879 por Ivan Kramskoi (1837-1887). (N. do T.)

[104] Jênia é diminutivo de Ievguiênia; Lena, de Ielena. (N. do T.)

[105] *Rússkoie Bogátstvo*, revista de literatura, ciência e política, editada de 1876 a 1918. Porta-voz do pensamento populista, depois da revo-

A família Sinani 69

discursava. O velho Sinani apreciava em Mikhailovski justamente esses discursos. Eis como se dispunha a escala do seu respeito pelos ativistas do populismo daquele tempo: Mikhailovski era bom como oráculo, mas seus escritos publicísticos eram água, e como pessoa ele não era respeitável — ao fim e ao cabo, não gostava de Mikhailovski; em Tchernóv reconhecia sagacidade e a inteligência agrária de um mujique; achava Piechekhónov um trapo; por Miákotin tinha ternura, como se fosse o Benjamin do grupo.[106] Não levava a sério nenhum deles. Respeitava de verdade o velho Natanson, membro do Comitê Central do partido SR. Umas duas ou três vezes o calvo e grisalho Natanson, parecendo um velho médico, veio à casa de Boris Naúmovitch, e teve com ele conversas abertas a nós, crianças. O tremor da admiração e a alegria orgulhosa não tiveram limite: um membro do Comitê Central estava de visita.

A ordem da administração doméstica, apesar da ausência de uma dona de casa, era rigorosa e simples como em casas de comerciantes. A corcundinha Lena mandava levemente; mas a vontade uníssona da casa era tal que se mantinha por si só.

Eu sabia o que Boris Naúmovitch fazia a sós em seu gabinete: lia sem parar livros nocivos, fúteis, cheios de misticismo, histerismo e toda sorte de patologia; lutava contra eles,

---

lução russa de 1905 tornou-se órgão de dissidentes do partido SR, os autodenominados "socialistas populares". (N. do T.)

[106] Membros importantes do partido SR, ligados ao grupo dos "socialistas populares": Viktor Tchernóv (1873-1952), um dos fundadores do partido; Aleksei Piechekhónov (1867-1933), economista e publicista; Venedikt Miákotin (1867-1937), historiador e membro do Comitê Central. Mais à frente, Mark Natanson (1850-1919), fundador das organizações populistas "Círculo de Tchaikóvski" e "Terra e Liberdade". Todos assumiram cargos de importância durante o governo provisório e foram posteriormente exilados pelos bolcheviques. (N. do T.)

ajustava as contas com eles, mas não conseguia livrar-se deles e acabava por retomá-los. Mantivessem-no com puro alimento positivista, e o velho Sinani logo definharia. O positivismo é bom para quem vive de rendas, ele dá os seus cinco por cento de progresso anual. Boris Naúmovitch precisava de sacrifícios para a glória do positivismo. Era o Abraão do positivismo e, sem pensar duas vezes, sacrificar-lhe-ia o próprio filho.

Certa vez, à mesa do chá, houve menção sobre vida após a morte, e Boris Naúmovitch levantou surpreso as sobrancelhas: "O que é isso? Eu me lembro do que havia antes do meu nascimento? Não me lembro de nada, não havia nada. Depois da morte também não vai haver nada".

Seu bazarovismo[107] chegava à simplicidade dos gregos antigos. Até a cozinheira caolha ficava contagiada por seu modo geral de pensar.

A principal característica da casa dos Sinani era o que eu chamaria de estética do intelecto. O positivismo costuma ser hostil ao deleite estético, ao orgulho desinteressado e à alegria dos gestos intelectuais. Para essas pessoas a inteligência era ao mesmo tempo alegria, saúde, esporte e quase uma religião. Por outro lado, o círculo de seus interesses intelectuais era bastante limitado, o campo de visão estreito e, no fundo, a inteligência sequiosa adivinhava o alimento escasso: as eternas discussões entre os sociais-democratas e socialistas revolucionários, o papel do indivíduo na história, a famigerada personalidade harmoniosa de Mikhailovski, a campanha agrária dos SDs — tudo se resumia a esse círculo pobre. Entediado pelo pensamento doméstico, Boris se perdia na

---

[107] Derivado de Bazárov, personagem central do romance *Pais e filhos* (1862), de Ivan Turguêniev. Bazárov acreditava na força transformadora da ciência, mas era cético e niilista em face da realidade política e social da Rússia. (N. do T.)

leitura dos discursos forenses de Ferdinand Lassalle, admiravelmente construídos, magníficos e vivos. Isso já era uma pura estética do intelecto e um verdadeiro esporte. E eis que, imitando Lassalle, nós nos envolvemos com o esporte da eloquência, da improvisação oratória *ad hoc*. Estavam especialmente em voga as filípicas agrárias sobre um suposto alvo do partido social-democrata. Algumas delas, pronunciadas no vazio, eram francamente brilhantes. Ainda me lembro de uma assembleia em que Boris, um menino, deixou atarantado e banhado em suor o velho e experiente menchevique Kleinbort, colaborador de revistas grossas.[108] Kleinbort só teve tempo de resfolegar e lançar um olhar interrogativo ao redor: pelo visto, a elegância intelectual do debatedor pareceu-lhe uma arma inesperada e nova. Naturalmente, tudo isso não passou de uma pedrinha de Demóstenes, mas não permita Deus que nenhum jovem tenha mestres como N. K. Mikhailovski! Que bombeador de água é esse? Que manilovada é essa?[109] Uma tagarelice vazia, inflada de truísmos e cálculos aritméticos sobre o indivíduo harmonioso, espalhou-se por toda parte como erva daninha e ocupou o lugar dos pensamentos vivos e fecundos.

De acordo com o estatuto da casa, o pesado e velho Sinani não ousava olhar para dentro do quarto dos jovens, chamado de quarto róseo. O quarto róseo correspondia à sala de repouso em *Guerra e paz*. Dentre os frequentadores do quarto róseo, que eram muitos, ficou-me na lembrança uma

---

[108] Lev Naúmovitch Kleinbort (1875-1938), jornalista e crítico literário judeu-russo, editor da revista *Temas da Vida* (*Temi Jizni*). As chamadas "revistas grossas", volumosas e de grande circulação, eram o meio básico de discussão dos temas culturais e sociais na Rússia desde o século XIX. (N. do T.)

[109] Referência a Manílov, personagem sentimental e de discursos melosos do romance *Almas mortas* (1842), de Nikolai Gógol. (N. do T.)

tal de Natacha, criatura desajeitada e encantadora.[110] Boris Naúmovitch a suportava como a boba da casa. Natacha foi alternadamente social-democrata, socialista revolucionária, ortodoxa, católica, helenista e teósofa, com vários intervalos para descanso. De tanto mudar de convicções acabou precocemente grisalha. Helenista, publicou um romance sobre a vida de Júlio César no balneário romano de Baiae, sendo que Baiae apresentava uma impressionante semelhança com o balneário de Siestroriétsk (Natacha era muito rica).

No quarto róseo, como em qualquer sala de repouso, reinava a bagunça. Em que consistia a bagunça da referida sala de repouso no início deste século? Cartões postais horríveis, alegorias de Stuck e Júkov,[111] um "postal de conto de fadas", que parecia saído de Nadson, com o desenho de uma moçoila de cabeça descoberta e mãos juntas, ampliado a carvão em um cartão grande demais. As horríveis edições de *O Declamador*, toda sorte de *Musa Russa*, com P. I., Mikháilov e Tarássov, onde, com toda boa vontade, procurávamos por poesia e, apesar de tudo, às vezes ficávamos desorientados.[112] A maior atenção dispensávamos a Mark Twain e Jerome K. Jerome (o que havia de melhor e mais saudável em nossas

---

[110] Natália Nikoláievna Pavlínova (1888-1942), autora da novela *Cícero: os anos de juventude* (1909). (N. do T.)

[111] Franz Stuck (1863-1928), pintor e escultor alemão de tendência simbolista; Innokentii Nikoláievitch Júkov (1875-1948), escritor, pedagogo e escultor autodidata, conhecido por suas estatuetas grotescas. (N. do T.)

[112] *O Declamador* (*Tchtets-Deklamator*), revista de poemas populares editada em Kíev entre 1906 e 1917 por Vladímir Vaisblat (1882-1945). *Musa Russa* (*Rússkaia Muza*), coletânea de poemas russos do século XIX, editada em 1904 por Piotr Iakubôvitch (1860-1911), poeta e membro da organização populista Vontade do Povo. Mikhail Lariónovitch Mikháilov (1829-1865) e Ievguêni Mikháilovitch Tarássov (1882-1944), poetas de temas sociais e cívicos. (N. do T.)

leituras). Pilhas de quinquilharias como *Anátema, Roseira Silvestre,* e as coletâneas da Znânie.[113] Todas as noitadas eram marcadas pela lembrança vaga de uma fazenda em Luga, onde os hóspedes dormiam em sofazinhos arredondados e ocupavam seis pobres titias a um só tempo. Depois ainda vinham os diários, os romances autobiográficos: não era bagunça até dizer chega?

Simón Akímitch Anski,[114] que por seus estudos sobre questões judaicas ora sumia para as bandas de Moguilióv, ora viajava a Petersburgo, onde pernoitava em casa de Schedrin por não ter direito a residir ali,[115] era pessoa querida na casa dos Sinani. Em Simón Akímitch Anski combinavam-se o folclorista judeu, Gleb Uspiênski e Tchekhov. Nele sozinho cabiam mil rabinos de vilarejos, a considerar o volume de seus conselhos e consolações, contados em forma de piadas, parábolas etc. Tudo o que Simón Akímitch precisava na vida era de chá forte e um lugar para pousar. Os ouvintes corriam atrás dele. O grosso fluxo de mel do folclore russo-judeu escorria de Simón Akímitch em histórias lentas e cheias de maravilhas. Antes mesmo de envelhecer, Simón Akímitch ganhou contornos avoengos, curvou-se com o excesso de judaísmo e populismo: governadores, Torás, pogroms, desgra-

---

[113] *Anátema* (1909), drama filosófico de Leonid Andrêiev (1871-1919). *Roseira Silvestre* (*Chipovnik*), almanaque editado entre 1907 e 1922 por Zinovi Grjebin (1877-1929), responsável pela popularização dos simbolistas russos. Znânie (Saber), casa editorial fundada por Górki em 1898 e que publicou, entre 1903 e 1912, uma série de coletâneas visando divulgar escritores progressistas. (N. do T.)

[114] Escritor e etnógrafo judeu-russo que assinava com o pseudônimo "Sch. An-ski" (1863-1920). Foi membro do partido SR e, em 1917, delegado da Assembleia Constituinte. Sua peça *O dibuk*, de 1914, é considerada a pedra de toque do teatro ídiche moderno. (N. do T.)

[115] Os judeus nascidos na Zona de Assentamento Judaico russa não tinham permissão para morar fora dela. (N. do T.)

ças humanas, encontros, esboços astuciosíssimos de atividade social nas circunstâncias improváveis das satrapias de Minsk e Moguilióv, traçados por uma espécie de buril de gravador engenhoso. Simón Akímitch preservou tudo, guardou tudo na memória — um Gleb Uspiênski do Talmude-Torá. Sentado a uma modesta mesa de chá, com leves movimentos bíblicos, cabeça pendendo para um lado, ele lembrava o apóstolo Pedro durante a ceia. Numa casa em que todos tropeçavam nos ícones de Mikhailovski e quebravam a dura noz da questão agrária, Simón Akímitch passava a impressão de ser uma cândida Psiquê afligida por hemorroidas.

Naquela época, em minha mente, o modernismo e o simbolismo encontraram meios de conviver com o mais furioso nadsonismo e com os versinhos da *Riqueza Russa*. Já havia lido Blok, inclusive *A barraquinha de feira*,[116] e convivia muito bem com seus motivos cívicos e com toda essa poesia criptográfica à qual ele não era hostil, pois ele mesmo descendia dela. As "revistas grossas" disseminavam uma poesia que fazia murchar nossos ouvidos, mas que eram escapatórias sumamente interessantes para os excêntricos, os fracassados, os jovens suicidas e clandestinos poéticos, que diferiam muito pouco dos líricos domésticos da *Riqueza Russa* e do *Mensageiro da Europa*.

Em um apartamento muito bom da rua Púchkin morava o ex-banqueiro alemão Goldberg,[117] redator e editor da pequena revista *O Poeta*.

Burguês obeso, Goldberg se considerava um poeta alemão e fazia os seguintes acordos com seus clientes: publicava-lhes os versos gratuitamente na revista, mas para isso eles tinham de ouvir dele, Goldberg, um poema filosófico alemão

---

[116] *Balagántchik* (1906), o mais importante dos dramas líricos de Aleksandr Blok. (N. do T.)

[117] Iúli Vassílievitch Goldberg. (N. do T.)

denominado *O parlamento dos insetos*, em alemão ou em tradução russa, caso desconhecessem a língua do autor. Goldberg dizia a todos os seus clientes: "Meu jovem, você vai escrever cada vez melhor". Apreciava particularmente um poeta sombrio, que considerava suicida. Para compor a revista, Goldberg contava com a ajuda de um jovem assalariado de aparência poética e celestial. Esse velho banqueiro fracassado e seu auxiliar com ares de Schiller (que era, aliás, o tradutor do *Parlamento dos insetos* para o russo), trabalhavam abnegadamente na montagem de sua querida e horrorosa revista. A estranha musa dos banqueiros conduzia o dedo grosso de Goldberg. Seu ajudante Schiller claramente o engambelava. Mesmo assim, nos bons tempos de Alemanha, Goldberg publicou suas obras completas, ele mesmo me mostrou.

A profundidade com que Boris Sinani compreendia a essência SR e até que ponto ele, ainda garoto, superou-a internamente, pode ser demonstrada por uma alcunha que ele inventou: um tipo especial de pessoas da estirpe dos socialistas revolucionários nós chamávamos de "pequenos Cristos" — você há de convir que é uma ironia muito perversa. "Pequenos Cristos" eram os russos de rosto cândido, portadores da "ideia do indivíduo na história", e muitos deles realmente se assemelhavam às imagens do Jesus de Niésterov.[118] As mulheres gostavam muito deles, e os próprios ficavam facilmente entusiasmados. Nos bailes da escola politécnica da avenida Liesnói, um desses "pequenos Cristos" podia passar por Childe Harold, Oniéguin ou Pietchórin.[119] Em linhas gerais, a turba revolucionária dos tempos da minha mocidade, a

---

[118] Mikhail Niésterov (1862-1942), pintor simbolista russo. (N. do T.)

[119] Heróis da literatura romântica. Childe Harold é protagonista do poema homônimo de Lord Byron; Ievguêni Oniéguin, do poema homôni-

"periferia" inocente, fervilhava de romances. Os rapazolas do ano 1905 ingressavam na revolução com o mesmo sentimento com que Nikólienka Rostóv[120] ingressou no regimento de hussardos: era uma questão de paixão e honra. Para ambos, a vida era impossível sem o candor da glória secular, era impossível respirar sem bravura. *Guerra e paz* continua, apenas a glória havia mudado de endereço. Porque a glória não estava com o coronel Min[121] do regimento de Semiónovski nem com os generais da guarda imperial, com suas botas polidas como garrafas! A glória estava no Comitê Central, a glória estava na "organização de combate",[122] e tais façanhas tinham início já na fase de noviciado.

Final do outono na Finlândia, uma *datcha* em Raivola. Tudo fechado com tábuas, as cancelas pregadas, cães-lobos rosnando ao redor das casas de campo vazias. Casacos de outono e mantas bem velhas. O calor de uma lâmpada de querosene em uma varanda fria. O focinho de raposa do jovem T., que vive do reflexo da glória do pai, membro do Comitê Central. Não há dona de casa, apenas um ser tísico e tímido a quem não é permitido sequer olhar os hóspedes de frente. Da escuridão das *datchas*, as pessoas vão chegando, uma a uma, em sobretudos ingleses e chapéus-coco. Têm de ficar sentadas em silêncio, nada de subir ao andar superior.

mo de Púchkin; Pietchórin é personagem central do romance *O herói do nosso tempo*, de Mikhail Liérmontov. (N. do T.)

[120] Nikolai Rostóv é personagem de *Guerra e paz*, de Lev Tolstói. (N. do T.)

[121] Gueorgui Aleksándrovitch Min (1855-1906), major-general da guarda imperial que desempenhou um papel importante de repressão à revolução russa de 1905. Foi assassinado pela SR Zinaida Konopliánikova, professora de uma escola rural. (N. do T.)

[122] Ala terrorista do partido SR. Entre 1902 e 1911, esta organização autônoma foi responsável por diversos assassinatos de oficiais do alto escalão do Império Russo. (N. do T.)

A família Sinani

Ao passar pela cozinha, notei a cabeça grande de Guerchuni[123] com o cabelo cortado rente.

Guerra e paz continua. As asas úmidas da glória se debatem contra a vidraça: a mesma ambição e a mesma sede de honra. O sol noturno da Finlândia ofuscada pela chuva, o sol conspirador de uma nova Austerlitz! Ao morrer, Boris tinha delírios sobre a Finlândia, sobre a mudança para Raivola, e umas cordas para amarrar os fardos. Ali nós jogávamos *gorodkí*,[124] e ele, deitado no prado finlandês, gostava de ficar olhando para o céu vazio com aqueles olhos frios e surpresos de príncipe Andrei.[125]

Eu me sentia confuso e intranquilo. Toda a inquietação do século me contagiava. Ao redor se desenrolavam estranhas correntes — da sede de suicídio ao anseio pelo fim do mundo. A literatura dos problemas e das questões universais ignorantes mal passara em sua marcha sombria e fétida, e as mãos sujas e peludas dos mercadores da vida e da morte tornavam repugnante as próprias palavras "vida" e "morte". Aquela foi verdadeiramente uma noite de ignorância! Em camisas russas típicas e blusas negras, os literatos vendiam Deus e o diabo como quem vende cereais, e não havia uma só casa em que não se dedilhasse a um só dedo a estúpida polca de *A vida de um homem*,[126] que se tornara símbolo de um abominável simbolismo de feira. A *intelligentsia* passara

---

[123] Grigóri Guerchuni (1870-1908), revolucionário judeu-russo, um dos fundadores do partido SR e da "organização de combate" do partido. (N. do T.)

[124] Jogo popular russo, que consiste em derrubar pinos de madeira, dispostos em diversas formações, usando um bastão. (N. do T.)

[125] Príncipe Andrei Bolkonski, personagem de *Guerra e paz*, de Tolstói. (N. do T.)

[126] *Jizn tcheloviéka*, peça alegórica de Leonid Andrêiev, escrita em 1907 e baseada nos mistérios medievais. Entrou em cartaz no mesmo ano no Teatro Komissarjévskaia. (N. do T.)

tempo demais alimentando-se de canções estudantis. Agora estava enjoada das questões universais: a mesma filosofia da garrafa de cerveja! Tudo isso era lixo em comparação com o mundo do programa de Erfurt, dos manifestos comunistas e dos debates sobre a questão agrária. Eles tinham seu próprio arcipreste Avvakum, o sinal da cruz com dois dedos (por exemplo, no tocante aos camponeses sem cavalo). Aqui, na dissensão profunda e apaixonada entre SRs e SDs, percebia-se a continuidade da antiga desavença entre eslavófilos e ocidentalistas.[127]

Essa vida, essa luta era abençoada de longe por pessoas tão distantes entre si como Khomiakóv, Kiriêievski e o ocidentalista patético Herzen,[128] cujo pensamento político tempestuoso irá sempre ecoar como uma sonata de Beethoven.

Estes não negociavam o sentido da vida, eles tinham espiritualidade. Em suas pobres polêmicas partidárias havia mais vida e mais música que em todos os escritos de Leonid Andrêiev.

---

[127] Os cismáticos da Igreja Ortodoxa russa, liderados por Avvakum, rejeitavam as reformas que visavam aproximar o rito russo do rito grego, sendo que uma dessas mudanças determinava que o sinal da cruz, até então feito com dois dedos, deveria agora ser feito com três. O termo "camponeses sem cavalos" faz referência a artigos em que Lênin, líder dos social-democratas, polemizava com as propostas de distribuição de terra dos SRs. Eslavófilos e ocidentalistas foram correntes do pensamento russo no século XIX: os primeiros, nacionalistas e tradicionalistas, defendiam um desenvolvimento original e específico para a Rússia; os segundos defendiam a via ocidental de desenvolvimento do capitalismo e a ocidentalização dos costumes. (N. do T.)

[128] O filósofo Aleksei Khomiakóv (1804-1860) e o crítico literário Ivan Kiriêievski (1806-1856) foram os fundadores do movimento eslavófilo russo. Aleksandr Herzen (1812-1870), escritor e publicista, é considerado o pai do socialismo russo. (N. do T.)

KOMISSARJÉVSKAIA[129]

Não quero falar de mim mas seguir de perto o século, o rumor e a germinação do tempo. Minha memória é hostil a tudo o que é pessoal. Se dependesse de mim, eu me limitaria a franzir o cenho ao recordar o passado. Nunca consegui entender os Tolstói, os Aksákov, todos esses netos Bagrov, apaixonados pelos arquivos familiares carregados de lembranças épicas domésticas.[130] Repito: minha memória não é amorosa mas hostil, e não trabalha a reprodução mas o descarte do passado. Um *raznotchínietz*[131] não precisa de memória, basta-lhe falar dos livros que leu e sua biografia está pronta. Onde as gerações felizes falam através do épico, do hexâmetro e da crônica, para mim sobra um hiato, e entre o século e eu há uma depressão, um fosso preenchido pelo tempo rumoro-

---

[129] Vera Fiódorovna Komissarjévskaia (1864-1910), uma das maiores atrizes russas. Trabalhou no Teatro Aleksandrínski e no Teatro de Arte de Moscou, onde interpretou Nina na célebre montagem de *A gaivota*, de Tchekhov. Em 1904 fundou o Teatro Komissarjévskaia, muito importante na difusão do drama simbolista russo e europeu. (N. do T.)

[130] Alusão a *Os anos de infância dos netos de Bagrov* (1858), de Serguei Timofieitch Aksákov (1791-1859), autor também de *Crônica familiar* (1856). (N. do T.)

[131] Literalmente: "sem classe", "sem posição". Na Rússia do século XIX, designava membros da classe intelectual desprovidos de origem nobre. (N. do T.)

so, onde deveriam estar a família e o arquivo doméstico. O que quis dizer a minha família? Não sei. Ela teve gagueira de nascença, mas apesar disso tinha alguma coisa a dizer. Sobre mim e sobre muitos contemporâneos meus paira uma gagueira de nascença. Não aprendemos a falar, mas a balbuciar, e só depois de prestarmos atenção ao crescente rumor do século e de sermos alvejados pela espuma da crista da sua onda é que adquirimos a linguagem.

A revolução é ela mesma vida e morte, e não consegue suportar quando ficam tagarelando sobre a vida e a morte em sua presença. Ela tem a garganta seca de sede, mas não toma uma única gota de líquido de mãos estranhas. A natureza, a revolução é uma sede eterna, um estado de combustibilidade (talvez ela inveje aqueles séculos que, de maneira doméstica, resignada, saciaram a sua sede ao tomar a direção do bebedouro das ovelhas. Esse temor, esse pavor de receber alguma coisa de mãos estranhas é característico da revolução. Ela não ousa, ela teme chegar-se às fontes do ser).

Mas o que fizeram por ela essas fontes da existência? Para onde e com que indiferença fluíam suas ondas circulares! Por si mesmas elas fluíram, por si mesmas uniram-se em uma corrente, fervilharam em um jorro! ("Para mim, para mim, para mim", diz a revolução. "Consigo mesma, consigo mesma, consigo mesma", responde o mundo.)

Komissarjévskaia tinha a coluna plana de estudante, a cabeça pequena e uma vozinha criada para o canto de igreja. Bravitch era o juiz Brack, Komissarjévskaia era Hedda.[132] Ela sentia tédio ao andar ou ficar sentada. Acontecia então de ficar sempre de pé; às vezes ia até a luminária azul à jane-

---

[132] Kazimir Vikéntievitch Bravitch (1861-1912), ator que em muitos espetáculos serviu de par a Komissarjévskaia. Aqui a menção é ao drama *Hedda Gabler* (1890), de Ibsen, que entrou em cartaz no Teatro Komissarjérvskaia em 1906. (N. do T.)

la da sala de visitas professoral de Ibsen, e ali permanecia muito tempo postada, mostrando aos espectadores a coluna plana levemente encurvada. Qual era o segredo do charme de Komissarjévskaia? Por que ela era uma líder, uma espécie de Joana D'Arc? Por que, ao lado dela, Sávina[133] parecia uma grã-senhora moribunda, caída em modorra depois de uma tarde de compras?

No fundo, em Komissarjévskaia encontrara expressão o espírito protestante da intelectualidade russa, o protestantismo peculiar de sua relação com a arte e o teatro. Não foi por acaso que ela se sentiu atraída por Ibsen e elevou esse protestante e decente drama professoral ao nível do virtuosismo. A intelectualidade sempre desgostou do teatro, procurando celebrar este culto da forma mais modesta e decente possível. Komissarjévskaia foi ao encontro desse protestantismo no teatro, mas acabou indo longe demais, ultrapassou os limites russos e quase se tornou europeia. Para começar, abandonou todos os ouropéis do teatro: o arder das velas, os canteiros vermelhos dos assentos, os ninhos acetinados dos camarotes. O anfiteatro de madeira, as paredes brancas, os panos cinza — tudo limpo como em um iate e pobre como em uma igreja luterana. Por outro lado, Komissarjévskaia tinha todos os dons de uma grande atriz trágica, mas em forma embrionária. Diferente de todos os outros atores russos da época e possivelmente de hoje, Komissarjévskaia possuía um poderoso senso musical, levantava e baixava a voz conforme as exigências da respiração e da sequência vocal; três quartos de sua atuação era vocal, acompanhada dos gestos mais essenciais e comedidos, e sempre os mesmos, como, por exemplo, apertar as mãos sobre a cabeça. Ao fazer o teatro

---

[133] Mária Gavrílovna Sávina (1854-1915), atriz, considerada a prima-dona do repertório clássico do teatro russo. (N. do T.)

de Ibsen e Maeterlinck, ela buscava o drama europeu, sinceramente convicta de que isso era o melhor que a Europa poderia dar.

As torres tortas de carnes róseas do Teatro Aleksandrínski tinham muito pouca semelhança com esse mundinho incorpóreo e transparente, onde era sempre quaresma. O pequeno teatro Komissarjévskaia estava ele mesmo cercado de um clima excepcional de devoção sectária. Não creio que isso abrisse algum caminho para o teatro. Da pequena Noruega nos chegou esse drama de alcova. Fotógrafos. Livre-docentes. Assessores. A tragédia ridícula de um manuscrito perdido. Um farmacêutico de Christiania consegue atrair a tempestade para o galinheiro professoral e elevar às alturas da tragédia as disputas, entre sinistras e polidas, de Hedda e Brack. Para Komissarjévskaia, Ibsen era nada mais que um hotel estrangeiro. Ela irrompera da vida teatral russa como de um manicômio, era livre, mas o coração do teatro estava parando.

Quando Blok se debruçou sobre o leito de morte do teatro russo, lembrou-se de mencionar o nome de Carmen, de quem Komissarjévskaia estava a uma distância infinita.[134] Os dias e horas desse pequeno teatro sempre estiveram contados. Ali se respirava o oxigênio falso e impossível de um milagre teatral. Blok riu maldosamente desse milagre em *A barraquinha de feira* e, ao representá-la, Komissarjévskaia riu de si mesma.[135] Entre grunhidos e mugidos, queixumes e declama-

[134] Alusão à cantora lírica Liubov Andrêieva-Delmas (1884-1869), que inspirou o ciclo de poemas *Carmen* (1914), de Blok. (N. do T.)

[135] Em *A barraquinha de feira*, encenada por Meyerhold no Teatro Komissarjévskaia em 1907, Blok faz uso de elementos da *commedia dell'arte* e do teatro de marionetes para satirizar a cena literária e o teatro simbolistas. (N. do T.)

ções, amadurecia e ganhava força a sua voz, parenta da voz de Blok. O teatro vivia e viverá da voz humana. Pietruchka pressiona contra seu palato uma folha de cobre para mudar a voz. Antes Pietruchka que Carmen, ou Aida, ou o focinho de porco da declamação.[136]

---

[136] Pietruchka é um dos tipos tradicionais do teatro de marionetes russo, semelhante ao Pulcinella italiano e ao Punch inglês. (N. do T.)

"EM UMA PELIÇA CHIQUE, ACIMA DE SUA CONDIÇÃO SOCIAL"

Por volta da meia-noite, ondas de nevasca varriam as ruas da ilha Vassílievski. As caixas gelatinosas azuis dos números chamejavam nas esquinas e nos pórticos. Sem se deixar constranger pelo horário comercial, as padarias espalhavam o vapor da massa pela rua, mas as relojoarias já haviam fechado as portas, inundadas pela algazarra quente e pelo apito das cigarras.

Zeladores desajeitados, ursos com crachás, cochilavam nas entradas dos prédios.

Assim era meio século atrás. Ainda hoje ardem por lá os balões carmesins das farmácias no inverno.

Meu companheiro, ao sair do apartamento toca de literato, do apartamento caverna onde havia uma míope lâmpada verde e uma otomana que era um cepo de madeira, um gabinete em que livros parcimoniosamente acumulados ameaçavam desabar como as paredes movediças de um barranco, ao sair do pequeno apartamento em que a fumaça de cigarro cheirava a um amor-próprio ferido, meu companheiro se encheu de um ânimo verdadeiro e, bem agasalhado em uma peliça chique, acima de sua condição social, voltou para mim o rosto russo-mongol rosado e hirto.

Ele não chamou o cocheiro, antes dirigiu a ele um urro tão imperioso e gélido que parecia dizer respeito a todo um canil de inverno e a diversas tróicas, e não àquele rocim acolchoado.

Noite. O literato *raznotchínietz* está furioso em sua peliça chique, acima de sua condição social. Vejam só! É um velho conhecido meu! Sob a película de papel vegetal do volume das obras completas de Leóntiev[137] há o retrato de um animal espinhoso de chapéu de pele de mitra — sumo sacerdote do frio e do Estado. A teoria range no gelo como os patins dos trenós do cocheiro. Tens frio, Bizâncio? O escritor *raznotchínietz* passa frio e raiva em sua peliça chique, acima de sua condição.

Os habitantes de Nóvgorod e Pskov eram representados de forma igualmente raivosa em seus ícones: dispostos em camadas, uns sobre as cabeças dos outros, estão os cristãos leigos, à direita e à esquerda, contestando e praguejando. Surpreendidas, suas cabeças de mujiques inteligentes estão viradas sobre os pescoços pequenos na direção do acontecimento. As caras carnudas e as barbas ásperas dos contestadores voltam-se para o acontecimento com uma surpresa raivosa. Nelas eu tinha a impressão de ver um protótipo da raiva literária.

Como os habitantes de Nóvgorod e suas barbichas, que votam maliciosamente no dia do Juízo Final,[138] a literatura está há cem anos cheia de raiva, e fita de esguelha o acontecimento com o mesmo olhar vesgo e intenso do *raznotchínietz* e do fracassado, com a raiva de um leigo a quem acor-

---

[137] Konstantin Nikoláievitch Leóntiev (1831-1891), filósofo russo que defendia, sob a alcunha de "bizantismo", o firme poder monárquico, a manutenção do comunitarismo camponês e a divisão da sociedade em castas. É de sua autoria um conhecido aforismo do século XIX: "É necessário que congelemos a Rússia, para que ela não apodreça". (N. do T.)

[138] O ícone *Batalha entre Nóvgorod e Súzdal*, ou *O milagre do ícone de Nossa Senhora do Sinal*, cujo detalhe foi descrito no parágrafo anterior, é de autoria desconhecida e data do terceiro quarto do século XV. Atualmente está exposto na galeria Tretiakóv. (N. do T.)

daram fora da hora, convocado, ou, melhor dizendo, arrastado pelos cabelos para servir de testemunha no julgamento bizantino da história.

Raiva literária! Não fosses tu, com o que eu estaria comendo o sal da terra?

Tu és o condimento do insípido pão da compreensão, és a consciência alegre da injustiça, o sal conspiratório, cujo saleiro facetado vem sendo passado, decênio após decênio, com um aceno sarcástico e envolvido numa toalhinha. Eis porque me dá tanto gosto extinguir o calor da literatura com o frio e com estrelas farpadas. Irá ranger como neve? Irá tomar-se de ânimo na rua fria ao jeito de Nekrássov?[139] Se ela for verdadeira, irá.

Em vez de pessoas vivas, recordar os moldes de suas vozes. Cegar. Tatear e reconhecer de ouvido. Triste sina! Assim caminhamos para o presente, para a contemporaneidade, como quem caminha pelo leito de um rio seco.

Mas acontece que aqueles não eram amigos nem parentes, mas estranhos, gente distante. E, ainda assim, apenas máscaras de vozes estranhas adornam as paredes vazias da minha morada. Recordar é fazer o caminho de volta sozinho, pelo leito de um rio seco.

O primeiro encontro literário é irreparável. Aquele era um homem de garganta seca. Há muito evaporaram os rouxinóis de Afanássi Fiét — uma diversão senhorial, alheia. Um objeto de inveja. O lirismo. "A cavalo ou a pé" — "O piano todo aberto" — "E pelo sal abrasador de discursos imorredouros".[140]

---

[139] Sugestão de Boris Schnaiderman para o adjetivo russo *nekrássovskaia*. (N. do T.)

[140] Versos de Afanássi Fiét, extraídos, respectivamente, dos poemas "Dal" (1843), "Sialá notch. Lunói bil polón sad" (1877) e "S borodôiu siedôiu vierkhovnii ia jriéts" (com imprecisões). (N. do T.)

As pálpebras de Fiét, inflamadas, doentes, não deixavam dormir. Tiúttchev, como uma esclerose precoce, como uma camada de calcário, depositara-se nas veias. As últimas cinco ou seis palavras dos simbolistas, como os cinco peixes do Evangelho, faziam pesar o cesto; entre eles havia um peixe grande: o "Ser".[141]

Mas com elas não era possível alimentar o tempo faminto, e foi necessário jogar fora do cesto todas as cinco, incluindo esse grande peixe morto, o "Ser".

Conceitos abstratos sempre fedem a peixe podre ao fim de uma época histórica. São melhores as sibilantes alegres e maldosas dos versos russos.

Aquele que urrava por um cocheiro era V. V. Hippius, um professor que, em vez de literatura, ensinava às crianças uma ciência muito mais interessante: a raiva literária. Por que ele se inflava todo na frente das crianças? Por acaso as crianças precisam dos espinhos do amor-próprio, do silvo viperino das anedotas literárias?

Naquela época eu já sabia que em torno da literatura há testemunhas, uma espécie de gente de casa: vejam, por exemplo, os puchkinistas etc. Depois eu viria a conhecer alguns deles. Como eram insípidos se comparados a V. V.!

Ele diferia de todas essas testemunhas da literatura, de suas testemunhas oculares, justamente por uma surpresa maldosa. Ele dispensava um tratamento ferino à literatura, como se fosse sua única fonte de calor animal. Aquecia-se na literatura, esfregava nela o seu pelo, a cerda ruiva dos cabelos e das faces não barbeadas. Era um Rômulo que odiava sua loba e, odiando-a, ensinava os outros a amá-la.

Ir à casa de V. V. quase sempre significava acordá-lo. Ele dormia em uma otomana de gabinete dura, envenenado

---

[141] Em russo: *bytie*, termo que significa "existência", "ser". É também o nome do Gênesis, o primeiro dos cinco livros de Moisés. (N. do T.)

por Sologub e ofendido por Briússov, comprimindo contra o peito um velho exemplar de *Libra*, *Flores do Norte* ou *Skorpion*, e em sonho memorizava "Execução em Genebra", o poema selvagem de Slutchevski, companheiro de Konievskoi e Dobroliúbov, jovens monges militantes do incipiente simbolismo.[142]

A sonolência de V. V. era um protesto literário, algo como uma continuação do programa das velhas *Libra* e *Skorpion*. Ao despertar, ele se eriçava, inquiria sobre isso e aquilo com um risinho de poucos amigos. Mas sua verdadeira conversa consistia em repassar nomes de autores e títulos com uma avidez feroz, com uma inveja furiosa porém nobre.

Era hipocondríaco, e de todas as doenças a que mais temia era a angina, pois dificulta a fala.

Ao mesmo tempo, toda a força da sua personalidade residia na energia e na articulação da fala. Ele sentia uma atração inconsciente pelas fricativas e sibilantes e pelo "t" no final das palavras. Em termos cultos, uma paixão pelas dentais e palatais.

É graças a V. V. que até hoje concebo o simbolismo em seus primórdios como moitas frondosas desses sons de "sch". "Sobre mim as águias, o guincho das águias."[143] Assim, meu mestre dava preferência aos sons consonantais, patriarcais e belicosos, de dor e de ataque, de ofensa e de autodefesa. A primeira vez em que senti a alegria da dissonância externa da fala russa foi quando V. V. resolveu ler para as crianças o

---

[142] *Flores do Norte* (*Siévernie Tsvietí*) e *Skorpion*: revistas dos simbolistas russos, editadas pelo poeta Valiéri Briússov (1873-1924). Fiódor Sologub (1863-1927) e Aleksandr Dobroliúbov (1876-1945): poetas simbolistas de inclinação decadentista. Konstantin Slutchevski (1837-1904), poeta que experimentou uma fama polêmica nos anos 1860, e ao final da vida juntou-se aos simbolistas. (N. do T.)

[143] Citação imprecisa do primeiro verso do poema "Bog-otets", de Dobroliúbov. (N. do T.)

"pássaro de fogo" de Fiét: "Num galho sinuoso e assombroso".[144] Era como se houvesse cobras suspensas sobre as carteiras, uma floresta inteira de cobras ciciando.[145] A sonolência de V. V. me amedrontava e me atraía.

Mas por acaso a literatura é um urso lambendo as patas, um sono pesado na otomana do gabinete depois do serviço? Eu ia à casa dele acordar a fera da literatura. Ouvir como ela rugia, ver como ela se revirava — para isso eu ia à casa do professor de "língua russa". Toda a graça consistia justamente em "ir à casa", e hoje tenho dificuldade de me livrar da sensação de que naqueles idos eu ia à casa da própria literatura. Depois, a literatura nunca mais foi uma casa, um apartamento, uma família, em que meninos ruivos dormem lado a lado em camas com véus.

V. V. tinha estabelecido uma relação pessoal com os escritores russos, a começar já em Radíschev e Novikóv,[146] um

---

[144] Em russo, "Na sukú izvílistom i tchudnôm", verso do poema "Fantazia" (1847) de Afanássi Fiét. (N. do T.)

[145] Aqui é oportuno lembrar outra pessoa "de casa" da literatura, um declamador de versos cuja personalidade se manifestou com força incomum nas peculiaridades de sua pronúncia: N. V. Niedóbrovo. Petersburguense causticamente cortês, frequentador loquaz dos salões do simbolismo tardio, impenetrável como um jovem burocrata que guarda um segredo de Estado, Niedóbrovo aparecia em toda parte para declamar Tiúttchev — como que intercedendo em seu nome. Seu discurso, por si só já excepcionalmente claro, com vogais amplamente abertas como se estivessem gravadas em discos fonográficos, assumia uma nitidez surpreendente ao declamar Tiúttchev, sobretudo os versos alpinos: "E eis que o ano branqueja" e "Ainda hoje semeia a aurora". Naquela época começava uma verdadeira torrente do "a" aberto: parecia que o declamador acabara de fazer gargarejo com a água fria dos Alpes. (N. do A.)

[Nikolai Vladímirovitch Niedóbrovo (1882-1919), poeta e crítico literário russo. O verso aludido é uma citação imprecisa do poema "Iárkii sniég siiál v doline" (1836), de Afanássi Fiét. (N. do T.)]

[146] Aleksandr Radíschev (1749-1802) e Nikolai Novikóv (1744-1818), representantes do iluminismo nas letras russas. (N. do T.)

conhecimento bilioso e amoroso, repleto de uma inveja e um ciúme nobres, de um desrespeito jocoso, de uma arbitrariedade consanguínea, como é de praxe entre membros da mesma família.

O intelectual constrói o templo da literatura com ídolos imóveis. Korolienko,[147] por exemplo, que tanto escreveu sobre o povo zirián, para mim acabou se transformando em ídolo zirián. V. V. ensinava a construir a literatura não como um templo mas como clãs. Na literatura ele apreciava o princípio patriarcal da cultura, herdada do pai.

Que bom que eu consegui gostar não da luz da lâmpada sacerdotal, mas da luz rubra da raiva (segundo V. V. H.) literária.

O poder dos julgamentos de V. V. até hoje tem efeito sobre mim. A grande viagem que fiz com ele pelo patriarcado da literatura russa, de Novikóv e Radíschev à ilha de Koneviéts,[148] dos primeiros momentos do simbolismo, continua sendo a minha única. Depois disso, limitei-me a leituras esporádicas.

Em lugar da gravata, usava um cordão pendurado. No colarinho colorido e desengomado são intranquilos os movimentos do pescoço pequeno, afetado pela angina. Da laringe irrompem os sons fricativos e velares das belicosas "sch" e "guê".

Esse homem parecia estar em estado permanente de uma agonia belicosa e apaixonada. A agonia estava na sua própria natureza, deixando-o atormentado e alvoroçado, alimentando as raízes definhantes de seu ser espiritual.

---

[147] Vladímir Korolienko (1853-1921), escritor e ativista social. Zirián é outra denominação do povo komi, habitantes dos Urais. (N. do T.)

[148] Ilha no lago Ladoga, onde fica o mosteiro Koniévski. A equiparação faz alusão ao poeta Ivan Konievskoi. (N. do T.)

Aliás, no cotidiano dos simbolistas eram de praxe mais ou menos as seguintes conversas:
"Como vai, Ivan Ivánovitch?"
"Nada de mais, Piotr Pietróvitch, estou à beira da morte."
V. V. gostava de poemas com rimas enérgicas como *plámen-kámen* (chama-pedra), *liubóv-króv* (amor-sangue), *plót-gospód* (carne-senhor).
Seu vocabulário era inconscientemente regido por duas palavras: "ser" e "chama". Se toda a língua russa lhe fosse dada para criar, sem brincadeira, por um descuido ele a queimaria, destruiria todo o léxico russo pela glória de "ser" e "chama".
A literatura do século era de linhagem nobre. Sua casa, de fartura. À mesa larga e aberta sentavam-se as visitas com Walsingham. Novas visitas vinham abrigar-se do frio, depois de tirarem o casaco. Luzinhas azuis cor de ponche lembravam aos hóspedes o amor-próprio, a amizade e a morte. Percorria a mesa um pedido que parecia sempre pronunciado pela última vez: "Cante, Mary", pedido angustiante de um banquete final.[149]
Entretanto, não menos que a bela moça, que canta a penetrante canção escocesa, encanta-me aquele que com voz rouca e fatigada de conversa pediu que ela cantasse.
Se entrevi Konstantin Leóntiev berrando com o cocheiro na rua nevada da ilha Vassílievski, foi tão somente porque, de todos os escritores russos, ele era o mais inclinado a manejar os blocos do tempo. Ele sentia os séculos como sentia o clima, e gritava com eles.

---

[149] Walsingham e Mary são personagens da pequena tragédia *O festim nos tempos da peste* (1832), de Púchkin. A cena se passa numa rua onde foi posta uma grande mesa, para que os sobreviventes da peste possam fazer seu último banquete. (N. do T.)

Ele teria de gritar: "Ah, que bom, como é glorioso o nosso século!" — mais ou menos assim: "Esse diazinho veio seco!". Mas isso não aconteceria! Ele ficaria pasmo. O frio intenso queimaria a garganta, e o grito zeloso dirigido ao século congelaria como uma coluna de mercúrio.

Ao lançar um olhar sobre todo o século XIX da cultura russa, um século concluído, singular e desagregado, que ninguém se atreve a repetir, e nem deveria, quero saudar esse século como quem saúda o clima estável, e vejo nele um bloco unitário de frio desmedido, que fundiu décadas num só diazinho, numa noitinha, num inverno profundo onde o terrível estadismo é como um forno em que as chamas são de gelo.

E nesse período hibernal da história russa a literatura se me apresenta, de um modo geral, como coisa fidalguesca e vergonhosa: com estremecimento soergo a película de papel vegetal sobre o barrete de inverno do escritor. Ninguém tem culpa disso nem razão para se envergonhar. Um animal não pode ter vergonha da pelugem do seu couro. Foi a noite que o cobriu de pelo. Foi o inverno que o vestiu. A literatura é um animal. A noite e o inverno são o seu peleiro.

(1925)

VIAGEM À ARMÊNIA

SEVAN

Na ilha de Sevan,[1] que se distingue por dois veneráveis monumentos arquitetônicos do século VII e por seus abrigos cavados no solo por eremitas piolhentos recém-falecidos e densamente cobertos por urtigas e cardos, abrigos não menos assustadores que as adegas abandonadas das casas de campo, vivi durante um mês, deliciando-me com a água do lago a quatro mil pés de altura e habituando-me a contemplar umas duas ou três dezenas de túmulos espalhados como canteiros entre os alojamentos do mosteiro, renovados por uma reforma.

Todos os dias, exatamente às cinco da tarde, o lago opulento de trutas entrava em ebulição, como se lhe tivessem lançado uma grande pitada de soda. Era, no pleno sentido da palavra, uma sessão mesmeriana[2] de mudança do clima, como se um médium tivesse lançado naquela água calcária, até então tranquila, primeiro um encrespamento abobalha-

---

[1] Ilha localizada na parte noroeste do lago Sevan; após a drenagem do lago, na década de 1930, transformou-se em uma península da atual cidade de Sevan, à época um vilarejo chamado Elenovka. Em julho de 1930, na ilha de Sevan, foi inaugurada a primeira casa de repouso dos sindicatos soviéticos em território armênio. Os monumentos mencionados a seguir são os templos de Surp Arakelots e Surp Astvatsatsin. (N. do T.)

[2] Referência à teoria do magnetismo animal, elaborada por Franz Anton Mesmer (1734-1815). (N. do T.)

do, depois a efervescência dos pássaros e finalmente a doidice impetuosa do Ladoga.[3] Naquelas ocasiões era impossível abrir mão do prazer de medir trinta passos pela vereda estreita da praia em frente à margem escura do Gunei.[4]

Aqui o lago Goktcha[5] forma um canal umas cinco vezes mais largo que o rio Nievá. Um esplêndido vento fresco invade os pulmões, assobiando. A velocidade do movimento das nuvens aumenta de minuto a minuto, e a ressaca, pioneira da impressão, se precipita em editar à mão e em meia hora uma rechonchuda Bíblia de Gutenberg sob um céu pesadamente carrancudo.

As crianças somam não menos de setenta por cento da população da ilha. Como bichinhos, elas sobem nos túmulos dos monges, ora bombardeiam uma tranquila cepa rugosa, confundindo seus espasmos gélidos no fundo do lago com as convulsões de uma serpente marinha, ora trazem de brenhas úmidas sapos burgueses e cobras com esmeradas cabeças femininas, ora tangem para a frente e para trás um carneiro enlouquecido que, sem ter como entender a quem o seu pobre corpo atrapalha, sacode na vastidão o rabo gordo.

As altas gramíneas de estepe da corcova sota-vento de Sevan são tão fortes, vivas e presunçosas que dá vontade de penteá-las com um pente de ferro.

Toda a ilha é homericamente mosqueada de ossos amarelos, restos de piqueniques devotos do povo das redondezas.

---

[3] Grande lago a noroeste da Rússia, em cuja região surgiram algumas das principais tribos que iriam constituir o povo russo. (N. do T.)

[4] Costa do lago Sevan que se estende a noroeste do vilarejo de Tsovagiugh. (N. do T.)

[5] Antigo nome do lago Sevan. (N. do T.)

Além disso, é literalmente calçada pelas lajes ruivo-afogueadas dos túmulos anônimos, as quais se projetam desengonçadas e esmigalhadas.

Bem no começo da minha estadia chegou a notícia de que os pedreiros que trabalhavam na restinga longa e estreita de Saampakert, ao cavarem os fundamentos para a instalação de um farol, esbarraram em um esconderijo de vasos pertencente à antiga civilização Urartu. Antes eu já vira, no museu de Erevan, um esqueleto curvo, sentado dentro de uma grande ânfora de barro, com um buraco perfurado na cabeça, para protegê-lo do mau espírito.

Fui acordado de manhã cedo pelo ruído de um motor. O ruído repisava no mesmo lugar. Dois mecânicos aqueciam o minúsculo coração de um motor epiléptico e punham óleo nele. Contudo, mal o regulavam, vinha um matraqueado, algo como "nem-bebido-nem-comido nem-bebido-nem-comido", e o motor morria afogado.

O professor Khatchaturian,[6] cujo rosto era coberto de uma pele aquilina sob a qual se projetavam todos os músculos e ligamentos, enumerados com nomes latinos, já caminhava pelo embarcadouro metido numa longa sobrecasaca preta. Não só arqueólogo mas também pedagogo por vocação, ele passara a maior parte de sua atividade como diretor de uma escola secundária: o ginásio armênio de Kars. Convidado para a cadeira de arqueologia na Erevan soviética, ele levara para lá também a sua dedicação à teoria do indo-europeu e uma hostilidade surda às invenções jaféticas de

---

[6] Asatur Khatchaturovitch Khatchaturian (1862-1838), etnógrafo, historiador e arqueólogo armênio, eminente especialista em história e escrita cuneiforme da civilização Urartu. (N. do T.)

Sevan

Marr,[7] e ainda um impressionante desconhecimento da língua russa e da Rússia, onde nunca estivera.

Depois de iniciar uma conversa desajeitada em alemão, tomei a barcaça com o camarada Karinian,[8] ex-presidente do Comitê Executivo Central da Armênia.

Esse homem, cheio de vida e amor-próprio, condenado à inoperância, ao cigarro e a perder seu tempo de forma igualmente sem graça com leituras "guardistas",[9] desacostumava-se com visível dificuldade de suas obrigações oficiais enquanto o tédio ia imprimindo beijos gordurosos em suas faces rosadas.

O motor resmungava "nem-bebido-nem-comido" como que se reportando ao camarada Karinian, e a ilhota ia ficando rapidamente para trás, aprumando suas costas de urso com os octaedros dos mosteiros. Uma nuvem de moscas acompanhava a barcaça, e nós navegávamos nela como quem navega em musselina por um lago matutino feito de creme.

Em um buraco achamos realmente pedaços de louça de barro, ossos humanos, e além disso encontramos um cabo de faca com a marca N. N., de uma antiga fábrica russa.

---

[7] Nikolai Iákovlievitch Marr (1865-1934), linguista e orientalista russo, criador de uma teoria pseudocientífica segundo a qual todas as línguas pré-indo-europeias pertenceriam a um mesmo grupo, que ele chamou de "jafético". Tal teoria, muito em voga na União Soviética dos anos 1930, contesta a teoria do indo-europeu, segundo a qual todos os povos e línguas europeias descendem da protolíngua de um único povo ariano. (N. do T.)

[8] Artashes Balassievitch Karinian (pseudônimo de A. B. Gabrielian, 1886-1982), crítico, historiador literário e dirigente do Partido Comunista na Armênia. (N. do T.)

[9] Alusão à revista *Na Postú* (*Em Guarda*), publicação literária de críticos socialistas vulgares ligados à RAPP, Associação Russa de Escritores Proletários, que existiu de 1925 a 1932. (N. do T.)

Aliás, embrulhei respeitosamente em meu lenço a casca porosa e calcária da caixa craniana de alguém.

Em qualquer ilha, seja a de Malta, Santa Helena ou da Madeira, a vida transcorre numa expectativa nobre. Isso tem os seus encantos e o seu desconforto. Em todo caso, todos estão permanentemente ocupados, as vozes ficam um pouco mais baixas e presta-se mais atenção ao próximo do que no continente, com suas estradas de dedos gordos em terra firme e sua liberdade negativa.

A concha do ouvido afina muito e ganha uma nova espiral.

Por sorte minha, chegara a Sevan uma verdadeira galeria de velhos inteligentes e de boa linhagem: o honorável etnógrafo Ivan Iákovlievitch Sagatelian, o já referido arqueólogo Khatchaturian e, por último, o jovial químico Gambarov.[10] Eu preferia esse meio tranquilo, com seus densos discursos cafeinados, às conversas superficiais dos jovens, que, como em todas as partes do mundo, versavam sobre exames e educação física.

O químico Gambarov fala armênio com sotaque moscovita. Russificou-se com alegria e de bom grado. Tem um coração jovem e um corpo magro e seco. É a pessoa mais agradável fisicamente e um maravilhoso companheiro nos jogos.

Estava untado de um óleo que tinha algo de militar, como se tivesse acabado de chegar da capela do regimento, o

---

[10] Ivan Iákovlievitch Sagatelian (1871-1936), advogado e membro do Dashnaktsutyun, partido armênio de posições semelhantes ao SR russo, por meio do qual foi eleito deputado na Segunda Duma Estatal, em 1907. Stiepán Pogossóvitch Gambarian (1879-1948), fundador do departamento de química orgânica da Universidade de Erevan. (N. do T.)

que, aliás, nada prova e vez por outra acontece com ótimos cidadãos soviéticos.

Com as mulheres era um galante Mazepa, que acariciava sua Maria só com os lábios.[11] Quando em companhia masculina, era inimigo das palavras ferinas e da presunção, mas, se entrava numa discussão, excitava-se como um espadachim do Reino Franco.

O ar das montanhas o rejuvenescera, e ele arregaçava as mangas e se lançava à rede de pesca na quadra de voleibol, fazendo trabalhar friamente as pequenas mãos.

O que dizer do clima de Sevan?

Era a divisa de ouro do conhaque no cofre secreto do sol montanhês.

A vareta de vidro do termômetro da *datcha* passava cuidadosamente de mão em mão.

O doutor Herzberg[12] estava francamente entediado nesta ilha repleta de mães armênias. Ele me parecia uma sombra pálida de um problema ibseniano ou um ator do Teatro de Arte de Moscou em sua *datcha*.

As crianças lhe mostravam as linguinhas estreitas, deixando-as sair por um instante, como fatias de carne de urso.

No fim das contas, recebemos a visita de uma febre aftosa, trazida em baldes de leite da distante costa de Zainalu,[13] onde, em sombrias isbás russas, moravam ex-adeptos

---

[11] Referência a Ivan Stiepánovitch Mazepa (1644-1709), chefe eleito dos cossacos da Ucrânia, e à sua esposa, Maria. Ambos são personagens do poema "Poltava" (1829), de Púchkin, e da ópera *Mazepa* (1884), de Tchaikóvski. (N. do T.)

[12] Rakhmiel Kharitonovitch Herzberg (1882-1968), psiquiatra judeu-ucraniano. (N. do T.)

[13] Atual Tsovak, vila localizada na margem sudeste do lago Sevan. (N. do T.)

da seita *khlyst*,[14] que tinham deixado de se preocupar com essas questões havia muito tempo.

No entanto, por culpa desses adultos, a febre aftosa afetou algumas das crianças ímpias de Sevan.

Uma a uma, as briguentas crianças de cabelo duro caíam em febre alta e esmoreciam nas mãos das mulheres, nos travesseiros.

Certa vez, ao competir com Kh., membro da Juventude Comunista, Gambarov resolveu contornar a nado todo o volume da ilha de Sevan. Seu coração sexagenário não aguentou e Kh., ele mesmo debilitado, viu-se forçado a abandonar o parceiro, retornar ao ponto da largada e lançar-se, mais morto que vivo, sobre a margem de cascalho. As testemunhas do acidente foram as paredes vulcânicas da fortaleza da ilha, que eliminavam qualquer ideia de ancorar ali...

Foi aí que soou o alarme. Em Sevan não havia bote salva-vidas, apesar de já haver sido requisitado.

As pessoas começaram um corre-corre pela ilha, orgulhosas de terem reconhecido uma desgraça irreparável. O jornal não lido ressoou como folha de flandres na mão. A ilha ficou enjoada como uma mulher grávida.

Não havia nem telefone nem pombo-correio para comunicação com a margem. A barcaça se afastara para Elenovka havia umas duas horas e, por mais que se aguçasse o ouvido, não se ouvia nem cricrido na água.

Quando a expedição, encabeçada pelo camarada Karinian e munida de um cobertor, uma garrafa de conhaque e tudo o mais, voltou com Gambarov, que fora resgatado em um rochedo, transido de frio mas sorridente, ele foi recebido com aplausos. Foram os mais belos aplausos que tive opor-

---

[14] Seita religiosa formada por dissidentes dos cristãos ortodoxos, de práticas ascéticas e de autoflagelação. (N. do T.)

tunidade de ouvir na vida; aplaudiam o homem porque ele ainda não era um cadáver.

No cais pesqueiro de Noraduz,[15] aonde nos levaram em uma excursão que, por sorte, não teve canto coral, impressionou-me um casco de barco, inteiramente pronto mas ainda em estado bruto, que estava empinado no estaleiro. Era bem do tamanho do cavalo de Troia e suas proporções musicais frescas lembravam a caixa de ressonância de uma bandura.[16]

Ao redor, cachos de carpintaria se encaracolavam. O sal corroía o solo, e as escamas dos peixes piscavam como lamínulas de quartzo.

No refeitório da cooperativa, também de troncos de madeira, como tudo em Noraduz, sentamos-nos lado a lado para comer uma grossa sopa de repolho com carne de carneiro.

Os trabalhadores notaram que não trazíamos vinho e, como cabe a anfitriões de verdade, encheram os nossos copos.

Bebi no íntimo à saúde da jovem Armênia com suas casas de pedra alaranjada e seus comissários de dentes brancos, a seu suor de cavalo, ao tropel das filas e à sua língua poderosa, que não somos dignos de falar, restando apenas nos esquivarmos, em nossa fraqueza:

> água em armênio é *djur*
> aldeia é *guiukh*

Nunca vou esquecer Arnoldi.[17]

---

[15] Também conhecido como Noratus, povoado histórico situado na margem sul de Sevan. (N. do T.)

[16] Instrumento de cordas típico da Ucrânia, que combina elementos da cítara e do alaúde. (N. do T.)

[17] Lev Vladímirovitch Arnoldi (1903-1980), biólogo marinho, era

Ele era coxo e usava uma garra ortopédica, mas o fazia com tamanha bravura que todos lhe invejavam o andar.

A chefia esclarecida da ilha morava à beira da rodovia, na Elenovka dos *molokans*,[18] onde, na penumbra do científico Comitê Executivo, azulavam os focinhos de gendarme das trutas gigantes conservadas em álcool.

Ai que hóspedes!

Eram transportados a Sevan por um iate americano veloz, como um telegrama, que cortava a água como uma lanceta, e Arnoldi descia à margem como uma tempestade mandada pela ciência, um Tamerlão de bondade.

Eu tinha a impressão de que em Sevan morava o ferreiro que o calçava, e que era por isso, para se consultar com ele, que Arnoldi desembarcava na ilha.

Não há nada mais ilustrativo e alegre do que imergir na companhia de pessoas de uma raça inteiramente distinta, a qual a gente respeita, com a qual a gente simpatiza e da qual, ainda que enquanto estranhos, a gente se orgulha. A plenitude vital dos armênios, sua ternura grosseira, sua ossatura nobre e laboriosa, sua inexplicável ojeriza a toda e qualquer metafísica e sua magnífica familiaridade com o mundo das coisas reais, tudo isso me dizia: fique de vigia, não tema a sua época, não apele para artimanhas. Não seria o motivo disso o fato de eu me encontrar em meio a um povo que é famoso por sua atividade efervescente, mas que, não obstante, não costuma acertar sua vida pelos relógios das estações ferroviárias nem das repartições públicas, mas pelo relógio de sol, como aquele que eu vi nas ruínas de Zvartnots,

---

então assistente de M. A. Fortunatov, diretor da estação científica de Elenovka. (N. do T.)

[18] Um dos vários grupos de sectários da Igreja Ortodoxa Russa. (N. do T.)

gravado em pedra na forma de uma rosa ou de uma roda astronômica?

    Gostar do estranho não faz parte dos nossos méritos. Os povos da URSS convivem como escolares. Só se conhecem pela carteira da sala de aula e ainda assim durante o recreio, enquanto se quebra o giz.

ACHOT HOVANESSIAN

O Instituto dos Povos do Oriente[19] fica na marginal Bersiéniev, ao lado da piramidal Casa do Governo. Um pouquinho adiante o barqueiro resolveu aprontar, cobrando três copeques pela travessia e mergulhando na água até as forquetas sua barca sobrecarregada.

Na marginal do rio Moscou o ar é viscoso e farinhento.[20]

Fui recebido por um jovem armênio com ar de tédio. No meio dos livros jaféticos de caracteres farpados havia também uma moçoila loura, como uma borboleta branca da couve[21] em meio a uma biblioteca de cactos.

Minha chegada de diletante não alegrou ninguém. Meu pedido de ajuda no estudo da língua armênia antiga não tocou o coração daquelas pessoas, e a própria moça, além de tudo, não era possuidora desta chave de conhecimento.

Como resultado de uma diretriz subjetiva incorreta, eu me acostumara a ver todo armênio como filólogo. O que é, aliás, parcialmente verdade. São pessoas que fazem troar as

---

[19] Instituto especializado no estudo das línguas e culturas dos povos orientais da URSS. (N. do T.)

[20] Nas proximidades dessa margem ficava a fábrica de doces Outubro Vermelho. (N. do T.)

[21] Nome científico *Pieris brassicae*. (N. do T.)

chaves da língua até mesmo quando não abrem nenhum tesouro.

A conversa com o jovem pós-graduando de Tíflis[22] não engatou, e no final acabou assumindo um moderado caráter diplomático.

Foram mencionados nomes de escritores armênios de alta honorabilidade, foi lembrado o acadêmico Marr, que acabara de passar voando por Moscou, vindo dos distritos de Udmurt ou Vogul para Leningrado, e foi elogiado o espírito da sabedoria jafética, que penetrava nas profundezas estruturais de todas as línguas...

Eu já ia ficando entediado, e olhava cada vez mais pela janela para um trecho de jardim abandonado, quando entrou na biblioteca um homem idoso com maneiras despóticas e uma postura imponente.

Sua cabeça de Prometeu irradiava uma luz afumada de um azul cinzento, como uma fortíssima lâmpada de quartzo. As mechas de cabelos duros, de um negro azulado, armadas, cheias de audácia, tinham um quê da força radicular contida na pena de um pássaro encantado.

Não havia sorriso na boca larga desse feiticeiro, que se lembrava com firmeza de que palavra é trabalho. A cabeça do camarada Hovanessian[23] tinha a capacidade de distanciar-se do interlocutor, como o topo de uma montanha que só por acaso lembra o formato de uma cabeça. Mas a macambuzisse azul-quartzosa dos seus olhos valia um sorriso.

---

[22] Atual Tbilisi, capital da Geórgia. (N. do T.)

[23] Achot Gareguínovitch Hovanessian (também grafado Ioannisián) (1887-1972), historiador armênio, professor da Universidade de Erevan. Foi ministro da Educação na Armênia soviética de 1920 a 1921 e primeiro secretário do Comitê Central do Partido Comunista da Armênia de 1922 a 1927. (N. do T.)

Ali estavam a surdez e a ingratidão que nos legaram os titãs...

Cabeça em armênio é *glukhe*, com uma breve aspiração depois do "kh" e do "l" brando. A mesma raiz em russo.[24] Mas e a narrativa jafética? Faça-me um favor:

"Ver", "ouvir" e "compreender" — todos esses significados outrora se fundiam num feixe semântico. Nas fases mais remotas da linguagem não havia conceitos mas tão somente orientações, medos e anseios, apenas necessidades e temores. Durante uma dezena de milênios o conceito de "cabeça" destacou-se do feixe de nebulosidades e seu símbolo se tornou "surdez".[25]

Aliás, leitor, você vai acabar confundindo tudo de qualquer forma, e não é a mim que cabe ensinar...

---

[24] A palavra russa para "cabeça" é *glavá*, ou *golová*. (N. do T.)

[25] Em russo, *glukhotá*. No capítulo "Música na Pávlosk", de *O rumor do tempo*, Mandelstam utiliza a forma adjetivada da palavra no sentido de "letargia" (ver nota 1, p. 9). Os verbos citados no início do parágrafo (*vídet*, *slychat*, *ponimát*) possuem raízes distintas. (N. do T.)

MOSCOU

Poucos dias antes, remexendo sob a escada de um sobrado rosa-sujo na rua Iakimanka, achei um livro esfrangalhado em que Signac fazia a defesa do impressionismo. O autor explica a "lei da mistura óptica", enaltece o método das pequenas pinceladas e infunde a importância do uso exclusivo das cores puras do espectro.

Ele baseia seus argumentos em citações de Eugène Delacroix, que ele endeusa. A cada instante recorre a seu livro *Viagem ao Marrocos*, como se folheasse um códice de educação visual obrigatório para todo europeu.

Signac propagava em corneta de cavalaria a mais recente, mais madura reunião de impressionistas. Aos acampamentos claros ele conclamava zuavos, albornozes e as saias vermelhas das argelinas.

Aos primeiros sons dessa teoria, que anima e fortalece os nervos, senti o tremor da novidade, como se me tivessem chamado pelo nome...

Era a sensação de ter substituído o calçado unguiforme e empoeirado das cidades por macios *tchuviaques*[26] muçulmanos.

Em toda a minha longa vida, não vi mais que o bicho-da-seda.

---

[26] Calçados macios sem salto, muito usados no Cáucaso e na Crimeia. (N. do T.)

Para completar, a leveza tinha invadido minha vida, sempre seca e desordenada, e se me afigurava uma expectativa coceguenta de alguma loteria infalível, de onde eu poderia extrair qualquer coisa: um pedaço de sabão de morango, uma temporada em arquivos nas salas do primeiro impressor ou a ansiada viagem à Armênia, com a qual eu não parava de sonhar...

O dono do meu apartamento provisório, um jovem jurisconsulto louro, irrompia em seu quarto às tardinhas, arrancava do cabide um sobretudo de borracha e à noite voava para o acampamento dos cadetes, ora em Khárkov, ora em Rostóv.

Semanas a fio sua correspondência rolava fechada nos peitoris sujos das janelas e nas cadeiras. A cama daquele homem sempre ausente vivia coberta por um tapetinho ucraniano e presa com alfinetes. Ao voltar, ele apenas sacudia a cabeça loura e não contava nada sobre o voo.

Talvez seja a maior petulância conversar com o leitor sobre o presente naquele tom de absoluta polidez que nós, não se sabe por que, deixamos para os memorialistas.

Parece-me que isso se deve à impaciência com que vivo e troco de pele.

A salamandra nem mesmo suspeita de que haja pintas pretas e amarelas em seu lombo. Não lhe passa pela cabeça que essas pintas estejam distribuídas em duas fileiras ou confluam numa faixa contínua, a depender da umidade da areia, ou do revestimento alegre ou lúgubre do terrário.

Mas o homem, essa salamandra pensante, é capaz de adivinhar o clima de amanhã com o único fim de poder definir a própria coloração.

Em minha vizinhança moravam famílias de trabalhadores[27] rigorosos. Deus privara essas pessoas daquela afabilidade que, apesar de tudo, enfeita a vida. Viviam num atrelamento soturno a uma associação de consumo frenético, consumiam os dias de pagamento de acordo com o guilhotinesco sistema de talões e sorriam como se estivessem pronunciando a palavra *povídlo*.[28]

No interior de seus quartos, organizados como em lojas de artesanato, diversos símbolos de parentesco, longevidade e fidelidade familiar. Predominavam elefantes brancos, pequenos e grandes, cães e conchas de feitio artístico. Àquelas pessoas não era estranho o culto dos mortos, assim como um certo respeito aos ausentes. Com seus rostos eslavos frescos e cruéis, elas pareciam comer e dormir em um oratório fotográfico. E eu agradecia às circunstâncias de meu nascimento por ser hóspede apenas casual de Zamoskvorétchie,[29] e não ter passado ali os meus melhores anos. Nunca e em parte alguma eu havia sentido esse vazio de melancia da Rússia; o tom atijolado dos crepúsculos do rio Moscou e a cor do chá em barras me trouxeram à memória a poeira vermelha do vale do Ararat.

Eu queria voltar o mais rápido possível para aquele lugar onde os crânios das pessoas são igualmente belos, seja no túmulo ou no trabalho.

Ao redor havia casinhas Deus-me-livre-de-tão-alegres, com uma gentinha reles e janelas acanhadas. Há apenas se-

---

[27] Em russo, *trudiáschi*, no sentido de funcionários de escritório, colarinhos-brancos. (N. do T.)

[28] Doce de frutas preparado sem adição de açúcar. (N. do T.)

[29] Distrito de Moscou, que abrange parte da região histórica de mesmo nome. (N. do T.)

tenta anos, moças cordatas e compreensivas, prendadas em costura e bordados, eram vendidas ali.

Duas tílias secas, surdas de tão velhas, projetavam sobre o pátio forquilhas marrons. Aterradoras pela espessura um tanto oficial de suas circunferências, elas não ouviam nem entendiam nada. O tempo as empanturrara de raios e as embebedara de aguaceiros; caísse trovão ou bromo, tudo lhes era indiferente.

Certa vez, uma reunião dos homens adultos que moravam no prédio decidiu derrubar a tília mais velha e transformá-la em lenha.

Em torno da árvore foi cavada uma trincheira funda. O machado começou a bater nas raízes indiferentes. O trabalho de lenhador requer habilidade. Havia voluntários demais. Eles se agitavam como executores inábeis de uma sentença infame.

Chamei minha mulher:

"Olhe, agora ela vai cair."

Enquanto isso, a árvore resistia com uma força pensante: parecia ter recobrado a consciência plena. Ela desdenhava dos seus agressores e dos dentes do serrote.

Por fim, atiraram um laço de corda fina de varal na forquilha seca, naquele mesmo lugar de onde vinham a sua idade, a sua letargia e sua blasfêmia, e começaram a balançá-la devagarinho. Ela oscilava como um dente na gengiva, mas, apesar de tudo, ainda continuava reinando em seu leito. Depois de um instante as crianças acorreram para o ídolo abatido.

Este ano a direção do Sindicato Central pediu à Universidade de Moscou que indicasse uma pessoa para ser enviada a Erevan. Tinha-se em vista a vistoria da produção de cochonilha, inseto pouco conhecido. Deste inseto, quando secado e transformado em pó, produz-se uma excelente tinta carmim.

A universidade escolheu B. S. Kúzin,[30] um zoólogo jovem, de ótima formação. B. S. Kúzin morava com sua velha mãe na rua Bolcháia Iakimanka, era filiado ao sindicato, retesava-se de orgulho diante de qualquer pessoa com quem esbarrasse ou cruzasse e, de todo o meio acadêmico, respeitava sobremaneira o velho Serguêiev,[31] que com as próprias mãos fizera e instalara os armários altos da biblioteca de zoologia, e que era capaz de nomear sem erro qualquer espécie da madeira já trabalhada, fosse carvalho, freixo ou pinho, ao passar a mão sobre ela, de olhos fechados.

B. S. não tinha nada de rato de biblioteca. Ciência ele estudava às correrias, tinha algum contato com as salamandras do professor Kammerer, famoso suicida vienense,[32] e o que mais adorava no mundo era a música de Bach, sobretudo uma invenção para instrumentos de sopro que alçava voo como fogos de artifício góticos.

Kúzin era um viajante bastante experiente no âmbito da URSS. Tanto em Bukhará quanto em Tashkent já fora avistada sua camisa de acampamento e ouvida sua contagiante risada militar. Por onde quer que passasse fazia amigos. Não faz muito, um mulá — homem santo, sepultado em uma montanha — enviou-lhe uma notificação formal sobre a própria morte em puro idioma persa. Segundo o mulá, o jovem

---

[30] Boris Serguêievitch Kúzin (1903-1973), biólogo lamarckista, especializado em entomologia. (N. do T.)

[31] Iliá Serguêiev era o marceneiro da universidade. (N. do T.)

[32] Paul Kammerer (1880-1926), biólogo lamarckista cujos experimentos com salamandras pretendiam provar a transmissão por hereditariedade de caracteres adquiridos. Foi acusado de falsificar dados experimentais, suicidando-se logo em seguida. Sua obra foi objeto de um estudo de Arthur Koestler. (N. do T.)

excelente e sábio deveria unir-se a ele, mas apenas depois de esgotar sua reserva de saúde e gerar muitos filhos.

Viva o vivo! Todo trabalho merece respeito.

Kúzin se preparou a contragosto para a viagem à Armênia. Corria sem parar atrás de sacolas e baldes para apanhar cochonilha, queixando-se da esperteza dos burocratas que não queriam lhe entregar seus pacotes.

A separação é a irmã caçula da morte. Para aqueles que respeitam as razões do destino, existe nas despedidas uma animação agourenta, nupcial.

A cada instante a porta da frente batia, e da escada cinzenta que dava para a rua Iakimanka surgiam hóspedes de ambos os sexos: alunos de escolas soviéticas de aviação, despreocupados patinadores do ar; funcionários de distantes estações botânicas; especialistas em lagos de regiões montanhosas; gente que estivera na Palmira e na China Ocidental; e outros, que eram apenas jovens.

Começaram a servir as taças de vinho moscovita, seguiram-se as amáveis recusas das moças e mulheres, jorraram suco de tomate e um inepto murmúrio geral: sobre voos em espiral, quando você não percebe que ficou de ponta-cabeça e a terra, como um imenso teto marrom, desaba sobre você, sobre a carestia de vida em Tashkent, sobre o tio Sacha e sua gripe, sobre tudo o que der na telha...

Alguém contou que na parte baixa da Iakimanka instalara-se um aleijado bronzeado, que agora vivia ali, bebia vodca, lia jornais, jogava dados e à noite tirava a perna de madeira e dormia com a cabeça sobre ela como se fosse um travesseiro.

Outro comparou o Diógenes da Iakimanka[33] a uma ja-

---

[33] Alusão a Diógenes de Sinope (400-323 a.C.), filósofo cínico que

ponesa feudal, um terceiro gritou que o Japão era terra de espiões e ciclistas.

O tema da conversação sempre resvalava alegremente, como um anel que se passa com as mãos para trás, e o movimento do cavalo no xadrez, sempre desviando, reinava soberano à mesa...

Não sei como é para os outros, mas para mim o encanto de uma mulher aumenta se ela for uma jovem viajante, se houver enfrentado cinco dias nos bancos duros do trem de Tashkent durante uma viagem científica, se entender bem o latim de Carlos Lineu[34] e souber defender sua posição na discussão entre lamarckistas e epigeneticistas, se não for indiferente à soja, ao algodão ou à *Chondrilla*.

E à mesa havia uma luxuosa sintaxe de flores campestres, confusas, de alfabeto vário e gramaticalmente incorretas, como se todas as formas pré-escolares do reino vegetal se fundissem em um poema de alguma antologia antiga.

Na infância, por causa de um amor-próprio surdo, de um falso orgulho, eu nunca saí para colher amoras nem apanhar cogumelos. Mais que de cogumelos, eu gostava das pinhas góticas das coníferas e das hipócritas castanhas do carvalho, com seus gorrinhos monásticos. Eu acariciava as pinhas. Elas se eriçavam. Tentavam me convencer de algo. Em sua ternura cascuda, em sua basbaquice geométrica eu percebia rudimentos de arquitetura, cujo demônio me acompanhou por toda a vida.

Eu quase não tinha oportunidade de visitar as *datchas* nos arredores de Moscou. Porque não vale considerar as via-

---

morava em locais públicos e fazia suas necessidades fisiológicas diante de todos. (N. do T.)

[34] Carlos Lineu (Carl Nilsson Linnaeus) (1707-1778), zoólogo e botanista sueco, considerado o pai da taxonomia moderna.

gens de carro a Úzkoie[35] pela rodovia de Smolensk, passando ao lado de bojudas isbás de troncos de madeira, onde os aprovisionamentos de repolho dos horticultores parecem balas de canhão com pavios verdes. Vistas de longe, essas bombas de repolho de um verde pálido, amontoadas numa abundância impudente, me lembravam a pirâmide de crânios no enfadonho quadro de Viereschágun.[36]

Agora as coisas são diferentes, mas a mudança talvez tenha vindo tarde demais.

Só no ano passado, na ilha de Sevan, ao passear no meio do capinzal alto que me chegava à cintura, é que eu fui cativado pelo ardor pagão das papoulas. Claras como a dor de uma cirurgia, semelhantes aos sinais para um falso *cotillion*, grandes, grandes demais para o nosso planeta, essas mariposas incombustíveis apalermadas cresciam em caules repugnantes e peludos.

Invejei as crianças. Elas caçavam diligentemente asas de papoula no meio do capinzal. Dei uma inclinada aqui, outra inclinada ali... e o fogo já me ardia na mão, como se um ferreiro me contemplasse com brasas.

Certa vez, na Abcásia, esbarrei verdadeiros aluviões de morangos do norte.

Numa altura de algumas centenas de pés acima do nível do mar, o morangal jovem vestia toda a encosta da montanha. Os lavradores cavavam com enxadas a doce terra avermelhada, preparando as meias-luas para as mudas.

---

[35] Casa de repouso mantida pela Comissão Central para a Melhoria das Condições de Vida dos Cientistas, situada na rodovia de Kaluga.

[36] Vassili Vassílievitch Viereschágun (1842-1904), pintor russo, em cuja obra é frequente o tema da guerra. O autor faz menção ao quadro *Apoteose da guerra*, de 1871. (N. do T.)

E então eu me alegrei com o dinheiro coral do verão nortenho. As bagas maduras e ferrugíneas pendiam em tríades e pentíades cantando em ninhadas e sob notas.

Então, B. S., você será o primeiro a viajar. As circunstâncias ainda não me permitem segui-lo. Espero que elas mudem.

Você ficará hospedado na rua Spandarian, 92, em casa dos Ter-Oganian, gente amabilíssima. Está lembrado de como era antes? Eu corria "Spandarian abaixo" para a sua casa, engolindo a poeira corrosiva das construções, pela qual a jovem Erevan é famosa. Eu ainda gostava das novas rugosidades, das asperezas e das solenidades do vale do Ararat, enrugado de tão reformado, como se a cidade tivesse sido toda revirada por encanadores divinamente inspirados, e gostava das pessoas de boca grande e olhos perfurados bem de dentro do crânio — os armênios.

Passando pelas bombas hidráulicas secas, passando pelo conservatório, onde um quarteto ensaiava no pequeno subsolo e ouvia-se a voz zangada do professor: "Desçam, desçam!" — isto é, façam um movimento descendente para o adágio —, eu chegava ao seu portão.

Aquilo não era portão, mas um túnel longo e fresco que perfurava a casa do seu avô, e nele despontava, como em uma luneta, um patiozinho com um verde pálido, fora de temporada, como se o tivessem queimado com ácido sulfúrico.

Ao redor falta sal aos olhos. Captamos formas e cores, mas falta condimento. Assim é a Armênia.

Na pequena sacada você me mostrou um estojo persa, revestido de uma pintura laqueada cor de sangue coagulado em ouro. Estava vazio de dar pena. Deu-me vontade de cheirar aquelas honrosas paredes bolorentas, que haviam servido à justiça *sardária*[37] e à redação instantânea de sentenças de perfurar olhos.

Então você mergulhou mais uma vez na escuridão nogada[38] do apartamento dos Ter-Oganian, e voltou com um tubo de ensaio para me mostrar a cochonilha, grãos de ervilha de um vermelho pardacento num pequeno galho.

Você apanhou essa amostra na aldeia tártara Sarvanlar,[39] a umas vinte verstas de Erevan. De lá se avista bem o avô Ararat, e no clima seco da fronteira a gente se sente involuntariamente um contrabandista. Entre risos, você me contou que em uma família tártara de amigos seus, de Sarvanlar, existe uma menininha comilona. Ela está sempre com o rostinho astuto sujo de leite azedo e os dedos luzindo de gordura de carneiro. Durante o jantar, sem sentir nenhum tipo de azia ou nojo, você guardava discretamente uma folha de *lavash*,[40] mesmo sabendo que a comilona colocava os pezinhos em cima do pão como se fosse um banco.

Eu observava a sanfona de rugas abrindo e fechando em sua testa de infiel, talvez a parte mais espiritualizada do seu perfil físico. Essas rugas, como que polidas pelo gorrinho de pele de carneiro, reagiam a cada frase importante e passeavam pela testa, azafamadas, briosas e trêmulas. Em você, meu amigo, havia qualquer coisa de tártaro e qualquer coisa de Godunov.[41]

---

[37] Do persa *sardar*: título de nobreza persa, também utilizado para chefes de Estado e militares. (N. do T.)

[38] Nas janelas do salão havia contraventos de madeira falsos. Além disso, no pátio havia muitas nogueiras. (N. do A.)

[39] Atual Sis, cidade situada no vale do Ararat. (N. do T.)

[40] Pão ázimo típico da Armênia. (N. do T.)

[41] Boris Godunov (1551-1605), regente do reino russo e posteriormente eleito tsar. É herói do poema homônimo de Aleksandr Púchkin e de uma ópera de Modest Mússorgski. (N. do T.)

Eu inventava comparações para caracterizá-lo e me acostumava cada vez mais a sua essência antidarwiniana; eu estudava a linguagem viva das suas mãos longas e desproporcionais, criadas para apertos de mão nos momentos de perigo, e que protestavam energicamente e às pressas contra a seleção natural.

No *Wilhelm Meister* de Goethe há um personagem chamado Jarno: zombador e naturalista. Ele passa semanas escondido nos latifúndios de um mundo exemplar e demonstrativo, passa as noites em quartos torreados em lençóis gelados e deixa as profundezas de seu castelo bem-intencionado apenas para almoçar.

Esse Jarno foi membro de uma ordem peculiar, instituída pelo grande latifundiário Lothario para educar os contemporâneos no espírito da segunda parte do *Fausto*. A sociedade tinha uma vasta rede de agentes, que chegava até a América, e sua organização era semelhante à dos jesuítas. Ela mantinha boletins secretos com as habilidades e comportamento de seus membros, estendia os tentáculos, apanhava pessoas.

Foi justamente Jarno o incumbido de espionar Meister.

Wilhelm viajava com o menino Felix, filho da infeliz Marianna. Passar mais de três dias no mesmo lugar era algo proibido por um parágrafo de seu noviciado. O corado Felix, uma criança rosada e didática, colecionava plantas para seu herbário, a cada instante interrogava o pai com a exclamação: "*Sag mir, Vater*",[42] quebrava fragmentos de rochas e fazia conhecidos por um dia.

Em linhas gerais, as crianças de Goethe são muito chatinhas e bem-educadas. As crianças representadas por ele são

---

[42] Em alemão no original: "Diga-me, pai". (N. do T.)

pequenos cupidos da curiosidade, que carregam nos ombros aljavas de questões exatas...

E eis que Meister encontra-se com Jarno nas montanhas. Jarno literalmente arranca das mãos de Meister o cupom dos seus três dias de viagem. Atrás e diante deles há anos de separação. Assim fica melhor! Assim o eco fica mais sonoro para a aula do geólogo em sua universidade silvestre.

Eis porque a luz morna irradiada pela lição oral, a didática clara da conversa entre amigos supera em muito a ação instrutiva e ilustrativa do livro.

Lembro-me, agradecido, de uma conversa que ouvi em Erevan, e que hoje, passado coisa de um ano, já foi superada pela certeza da experiência pessoal e investida daquela autenticidade que ajuda a nos sentirmos inseridos na tradição.

O assunto girava em torno da "teoria do campo embrionário", proposta pelo professor Gurvitch.[43]

Uma folha embrionária de capuchinha[44] tem forma de alabarda ou de uma bolsa longa de folha dupla, que se transforma numa úvula. Assemelha-se também a uma ponta de flecha de sílex do paleolítico. Mas a tensão do campo de força que se desencadeia ao redor da folha a transforma, inicialmente, numa figura de cinco segmentos. As linhas da ponta de flecha cavernal são esticadas em forma de arco.

Tomemos um ponto qualquer e o liguemos a uma reta por um feixe de coordenadas. Continuando essas coordenadas, que cruzam a reta sob diferentes ângulos, até chegarmos

---

[43] Aleksandr Gavrílovitch Gurvitch (1874-1954), biólogo judeu-russo especializado em embriologia. Sua "teoria do campo morfogenético" (aqui houve um deslize do autor) pretendia desvendar uma orientação sistêmica na evolução do embrião. (N. do T.)

[44] O termo empregado por Mandelstam é "nastúrcia", planta da família das *Tropaeolum nasturtium*, muito semelhante à nossa capuchinha (*Tropaeolum majus*). (N. do T.)

a um segmento de tamanho idêntico, quando as ligarmos entre si obteremos uma curva convexa.

Posteriormente, o campo de força muda fortemente o jogo e empurra a forma para seu limite geométrico, para o polígono.

Uma planta é como o som tirado pela vareta de um teremim, que arrulha numa esfera saturada de processos ondulares. É um emissário da tempestade viva que se desencadeia permanentemente no universo, no que está em pé de igualdade com a pedra e o raio! A existência de uma planta neste mundo é um acontecimento, uma ocorrência, uma flecha, e não uma evolução enfadonha e barbuda!

Ainda há pouco, Boris Serguêievitch, um escritor[45] admitiu publicamente que foi um ornamentalista,[46] ou que tentou sê-lo na medida das suas potencialidades de pecador.

Parece-me que há um lugar preparado para ele no sétimo círculo do inferno de Dante, onde cresce um arvoredo que sangra. E quando, por curiosidade, algum turista quebrar um ramo desse suicida, ele implorará em voz humana, como Pier della Vigna: "Por que me quebrantas? O que faz que me atormentes? não tens no espírito nenhuma piedade? Homens fomos, agora somos lenho...".[47]

E pingará uma gota de sangue negro...

---

[45] M. E. Kozakov. (N. do A.)
  [Mikhail Emmanuílovitch Kozakov (1897-1954), dramaturgo e prosador judeu-russo. (N. do T.)]

[46] Termo usado de forma vaga pela crítica russa para agrupar escritores de tendências diversas. Nos anos 1920, por exemplo, era usado negativamente em menções a Aleksei Riémizov e Boris Pilniák, entre outros. (N. do T.)

[47] Referência ao canto XIII do "Inferno", da *Divina Comédia* de Dante Alighieri. A tradução, citada com algumas modificações, é de Italo Eugenio Mauro (São Paulo, Editora 34, 1998, p. 98). (N. do T.)

Que Bach, que Mozart compõe variações sobre o tema da capuchinha? Finalmente ecoou a frase: "A velocidade mundial da vagem da capuchinha inflada".

Quem não sabe o que é ter inveja de jogadores de xadrez? Na sala você experimenta uma espécie de campo de alheamento, que faz jorrar um friozinho hostil aos não participantes. Ora, esses cavalinhos persas de marfim estão imersos numa solução de força. Acontece com eles o mesmo que acontece com a capuchinha do biólogo moscovita I. S. Smírnov[48] e com o campo embrionário do professor Gurvitch.

A ameaça de deslocamento paira sobre cada peça ao longo do jogo, durante todo o evento tempestuoso do torneio. O tabuleiro infla com a atenção concentrada. As peças do xadrez crescem quando caem sob os raio do foco de combinação, como cogumelos comestíveis no veranico.

O problema não se resolve no papel nem na câmera escura da causalidade, mas no ambiente impressionista vivo que é o templo de ar, luz e glória de Édouard Manet e Claude Monet.

É verdade que o nosso sangue emite raios mitogenéticos,[49] raios que os alemães conseguiram captar em um disco fonográfico, raios que, segundo me disseram, intensificam a divisão do tecido?

Sem que suspeitemos, todos nós somos agentes de uma imensa experiência embriológica: porque o processo de identificação, coroado pela vitória do esforço da memória, é surpreendentemente semelhante ao fenômeno do crescimento.

[48] Ievguêni Serguêievitch Smírnov (1898-1977), biólogo, amigo íntimo de B. S. Kúzin e seu colega no Museu de Zoologia. (N. do T.)

[49] Radiação ultravioleta fraquíssima emitida por células vegetais e animais. Foi descoberta em 1921 pelo professor Gurvitch. (N. do T.)

Tanto lá como aqui há um germe, um embrião — um traço fisionômico, metade de uma personalidade, de um som, um meio caráter, um meio som, a terminação de um nome, alguma coisa labial ou palatal, um grão doce de ervilha na língua — que se desenvolve não a partir de si mesmo, mas responde tão somente a um convite, apenas se espicha, justificando a expectativa.

Com essas reflexões tardias, B. S., espero compensá-lo, ao menos em parte, por ter atrapalhado seu jogo de xadrez em Erevan.

SUKHUMI

No início de abril cheguei a Sukhumi, cidade do luto,[50] do fumo e dos óleos vegetais perfumados. É daqui que se deve iniciar o estudo do alfabeto do Cáucaso: aqui cada palavra começa com "a". A língua dos abcásios é vigorosa e plenamente vocal, mas nela abundam sons guturais conjugados altos e baixos, que dificultam a pronúncia; pode-se dizer que essa língua irrompe de uma glote coberta de cabelos.

Temo que ainda não tenha nascido o bom urso Balu que me ensinará a bela língua apsni,[51] como ensinou ao menino Mogli, da selva de Kipling, embora eu imagine que, em um futuro distante, por todo o globo terrestre estarão espalhadas academias de estudo das línguas caucasianas. O mineral fonético da Europa e da América está se esgotando. Sua jazida tem limites. Hoje os jovens já estão lendo Púchkin em esperanto. Cada um com sua parte!

Mas que prevenção temível!...

É fácil observar Sukhumi do chamado monte Tcherniavski, ou da plataforma Ordjonikidze. Ela é toda linear, plana e, ao som da *Marcha fúnebre* de Chopin, absorve o grande arco do mar enchendo o seu peito de balneário colonial.

---

[50] A cidade de Sukhumi, às margens do mar Negro, recebia muitos tuberculosos durante o inverno e o início da primavera. (N. do T.)

[51] Língua falada na Abcásia. (N. do T.)

A cidade está situada na parte baixa, como um estojo de desenho em que há um compasso abrigado de veludo que se fechou após descrever a baía e desenhar as arcadas superciliares dos montes.

Embora na vida social da Abcásia haja muita grosseria ingênua e muitos abusos, não se consegue fugir ao fascínio da elegância administrativa dessa pequena república litorânea, que se orgulha do seu solo precioso, das suas matas buxáceas, da fazenda estatal de oliveiras em Nova Athos e da alta qualidade do carvão de Tkvarcheli.

As roseiras beliscavam através do xale, e o ursinho domesticado, com seu focinho cinzento russo antigo de Ivan Durák[52] ludibriado, soltava uivos de estilhar vidraças. Subindo de bem perto do mar, automóveis novos aplanavam o chão, rasgando com os pneus a montanha eternamente verde. Por baixo do tapete de palmeiras brotavam os lisos filamentos tiliáceos das perucas de teatro e, no parque, agaves floridos, quais velas pesadas, espichavam diariamente para o alto.

Podvóiski[53] fazia sermões da montanha sobre os males do cigarro e repreendia os fruticultores com brandura paternal. Uma vez ele me fez uma pergunta que me surpreendeu profundamente:

"Qual era a disposição da pequena burguesia de Kíev em 1919?"

---

[52] Personagem dos contos populares russos, semelhante ao João Bobo do nosso folclore. (N. do T.)

[53] Nikolai Ilitch Podvóiski (1880-1948), bolchevique da velha guarda. À época, era responsável pelas campanhas antialcoolismo e antitabagismo do Partido. (N. do T.)

Acho que o sonho dele era citar *O Capital* de Karl Marx na cabana de Paul e Virginie.[54] Nas caminhadas de vinte verstas, acompanhado de letões calados, eu desenvolvia em mim o sentido do relevo local.

Tema: uma corrida em direção ao mar de colinas vulcânicas inclinadas, unidas em cadeia; para pedestres.

Variação: a chave verde da altitude passa de um a outro cume e cada nova cadeia de montanhas fecha o vale a cadeado.

Descemos para a depressão onde estavam os alemães, para o *Dorf*,[55] e fomos recebidos por abundantes latidos de mastins.

Eu estava em visita a Gulia,[56] presidente da Academia de Ciências da Abcásia, e por pouco não lhe transmiti uma saudação por parte de Tartarin e do armeiro Costecalde.[57]
Magnífica figura provençal.

Ele se queixava das dificuldades vinculadas à invenção do alfabeto abcásio, falava com respeito do histrião Ievrêinov,[58] que na Abcásia se envolvera com o culto do bode, e

---

[54] Alusão a *Paul et Virginie* (1787), romance do botanista francês Bernardin de Saint-Pierre (1737-1814). (N. do T.)

[55] Em alemão no original: "vilarejo". (N. do T.)

[56] Dmitri Ióssifovitch Gulia (1874-1960), poeta e criador do alfabeto abcásio. É considerado o fundador da literatura deste povo. (N. do T.)

[57] Personagens do romance *Tartarin de Tarascon* (1872), de Alphonse Daudet (1840-1897). (N. do T.)

[58] Nikolai Nikoláievitch Ievrêinov (1879-1953), dramaturgo e teórico do teatro do período simbolista. Boa parte de suas pesquisas giravam em torno da recuperação do caráter ritual do teatro. (N. do T.)

reclamava da falta de acesso a pesquisas científicas sérias em função da distância em que se encontrava de Tíflis.

O toque-toque duro das bolas de bilhar agrada tanto aos homens quanto às mulheres o tamborilar das agulhas de crochê de marfim. O taco bandoleiro arruinava a pirâmide, e um quarteto de rapagões épicos, saídos do exército de Blücher,[59] todos parecidos, como irmãos, todos em guarda, precisos, com um bulbo de riso no peito, viam no jogo um encanto perverso.
E os velhos membros do partido não ficavam para trás.

Da sacada, com um binóculo militar, é possível ver claramente o caminho e a arquibancada no pantanoso prado de manobras, da cor do tecido de uma mesa de bilhar. Uma vez por ano acontecem ali grandes corridas de cavalo que testam a resistência de todos que desejarem competir.
Uma cavalgada de anciãos bíblicos acompanhava o menino vencedor.
Os parentes, espalhados por uma elipse de muitas verstas, revelavam destreza ao usar varas para entregar panos úmidos aos cavaleiros cheios de calor.

Em um prado distante e pantanoso, um farol frugal girava como um diamante Tet.[60]
Não sei como, avistei a dança da morte — a dança de acasalamento dos insetos fosforescentes. A princípio me pareceu que bruxuleava o fogo de minúsculos cigarros errantes,

---

[59] Vassili Konstantínovitch Blücher (1890-1938), um dos mais importantes generais soviéticos, fuzilado a mando de Stálin em 1938. (N. do T.)

[60] Famosa fábrica de diamantes artificiais. (N. do T.)

mas as espirais que eles descreviam eram arriscadas, livres e ousadas demais.

O diabo sabe para onde iam!

Chego mais perto: moscas efêmeras, enlouquecidas e eletrificadas, piscando e contorcendo-se, traçando e devorando a negra literatura de entretenimento do momento atual.

Nosso corpo espesso e pesado se reduzirá a cinzas do mesmo modo, e nossa atividade se transformará na mesma anarquia de sinais se não deixarmos provas materiais da existência. Que nos ajude o livro, e seu cinzel, sua voz e seu aliado — o olho.

É apavorante viver em um mundo constituído apenas de exclamações e interjeições!

Biezimiénski,[61] o atleta que levanta halteres de papelão, cabeça redonda, doce mercador de tinta de escrever, não, não é mercador, mas apenas um vendedor de pássaros — e não são bem pássaros, mas balões da RAPP —, estava sempre se curvando, cantarolando e dando chifradas nos outros com seus olhos azuis.

Um inesgotável repertório de ópera borbulhava em sua garganta. Uma animação de concerto, jardim e águas minerais nunca o abandonava. Uma marmota com um bandolim na alma, ele vivia na corda de uma romança, e seu coração cantava sob o efeito da agulha do gramofone.

---

[61] Aleksandr Ilitch Biezimiénski (1898-1973), poeta soviético e membro da RAPP, a Associação Russa de Escritores Proletários, que existiu de 1925 a 1932. (N. do T.)

OS FRANCESES

Neste ponto eu dilatei a vista e mergulhei os olhos no vasto cálice do mar, para que deles saísse todo cisco e toda lágrima.

Eu dilatei a vista como uma luva de pelica, enfiei-a no poço — naquelas cercanias marinhas vestidas de azul...

Num gesto rápido e rapace, com um furor feudal, vistoriei as possessões do meu horizonte.

É assim que se desce o olho num vasto cálice transbordante para que o cisco venha à superfície.

E comecei a entender o que significa a obrigatoriedade da cor — o arroubo das camisetas azuis e alaranjadas —, e que a cor não é senão uma sensação de arranque ornamentada pela distância e encerrada em seu próprio volume.

O tempo no museu[62] transcorria ao ritmo das ampulhetas. Os grãos atijolados corriam e o cálice ia se esvaziando, e do depósito superior descia para o frasco inferior o mesmo filete dourado de samiel.[63]

Viva Cézanne! Vovô glorioso! Grande trabalhador. A melhor castanha do bosque francês.

---

[62] Trata-se do Museu Estatal da Nova Arte Ocidental, fundado em 1928 com obras provenientes de coleções particulares. Foi dissolvido em 1948 e seu acervo dividiu-se entre o Hermitage, de Petersburgo, e o Museu Púchkin, de Moscou. (N. do T.)

[63] Vento seco e abrasador que sopra dos desertos da África em direção ao norte. (N. do T.)

Seu quadro fora autenticado na mesa de carvalho de um tabelião rural. É incontestável como o testamento de um homem no pleno gozo de sua memória e faculdades mentais.

Mas uma natureza-morta do velho me fascinava. Rosas arrancadas talvez ao amanhecer: encorpadas e lisas, especialmente as tenras rosas-chá. Exatamente iguais a bolotas de sorvete de creme amarelado.

Em compensação, eu detestava Matisse, pintor dos ricos. A tinta vermelha de suas telas chia como soda. Ele desconhece a alegria dos frutos maturescentes. Seu pincel poderoso não cura a visão mas lhe dá a força de um touro, de sorte que os olhos se enchem de sangue.

Estou farto desse xadrez de tapete e dessas odaliscas!

Caprichos de xá de um *maître* parisiense!

As tintas vegetais baratas de Van Gogh foram, por azar, compradas a vinte soldos.

Van Gogh é um caráter sanguinolento como os suicidas das casas de pensão. As tábuas do piso de seu *Café noturno* são inclinadas e escorrem como uma calha em sua fúria elétrica. E a estreita mesa de bilhar lembra o leito de um caixão.

Nunca vi um colorido tão berrante.

E suas paisagens, que parecem a horta de um condutor! Acabaram de tirar delas com um pano molhado a fuligem deixada pelos trens suburbanos.

Suas telas, besuntadas com os ovos fritos da catástrofe, são óbvias como recursos visuais de educação, como os painéis da escola Berlitz.[64]

O público se movimenta a passos miúdos como se estivesse na igreja.

---

[64] Referência à Berlitz Corporation e seu sistema de painéis utilizados no ensino de línguas estrangeiras. (N. do T.)

Os franceses

Cada sala tem seu clima. Na sala de Claude Monet o ar é de rio. Olhando para a água de Renoir, sentimos bolhas nas palmas das mãos, como se estivéssemos remando.

Signac inventou o sol de milho.

A explicadora dos quadros conduz os animadores culturais. Você olha e diz: o ímã atrai o pato.

Ozenfant criou uma coisa impressionante: com giz vermelho e massa branca de ardósia ele modelou em lousa negra as formas de um injetor de ar e de frágeis vidros de laboratório.

Ainda nos reverenciam o judeu azul de Picasso e os bulevares cinza-carmesim de Pissarro, que correm como as rodas de uma enorme tômbola, com tílburis cheios de caixas, onde estão expostos caniços com anzóis, e fragmentos de miolos salpicando os quiosques e castanheiros.

Mas será que já não é o suficiente?

Enfastiada, a generalização já aguarda à entrada.

Para todos os convalescentes da peste inofensiva do realismo ingênuo, eu sugeriria o seguinte método para examinar um quadro.

Nunca entrar como se entra numa capela. Não pasmar, nem desanimar, nem colar a cara nas telas...

No ritmo de quem caminha por um bulevar, ir de ponta a ponta!

Talhe as grandes ondas de temperatura do espaço da pintura a óleo.

Com tranquilidade, sem afobação — como as tártaras banhando seus cavalos em Alushta —, mergulhe o olho nesse meio material que será novo para ele, e lembre-se de que o olho é um animal nobre porém teimoso.

Estar diante de um quadro ao qual ainda não se ajustou a temperatura física da visão, para o qual o cristalino ainda não encontrou a única acomodação digna, é o mesmo que fazer serenata em casaco de pele debaixo de caixilhos duplos.

Quando se atinge esse equilíbrio — e só então — começa a segunda etapa da restauração do quadro, sua limpeza com água, a retirada do cascão velho, da camada de barbárie externa e tardia, daquilo que o liga, como qualquer outra coisa, à realidade ensolarada e condensada.

Com as mais delicadas reações, o olho — órgão dotado de acústica, que amplia o valor da imagem, multiplica as suas conquistas sobre os ressentimentos de ordem sensorial, com os quais ele se desfaz em cuidados com coisas de somenos — eleva o quadro à altura de si mesmo, pois a pintura é muito mais uma manifestação de secreção interna que de apercepção, ou seja, de recepção externa.

O material da pintura está organizado com proveito certo, e nisto ele se distingue da natureza. Mas a probabilidade da circulação é inversamente proporcional à sua exequibilidade.

Mas o olho viajante concede à consciência as suas credenciais. E então se estabelece entre o espectador e o quadro um acordo frio, algo como um segredo diplomático.

Deixei a embaixada da pintura e saí à rua.

Assim que deixei os franceses, a luz solar me pareceu a fase de um eclipse minguante, e o sol me pareceu embrulhado em papel prateado. E só aqui começa a terceira e última etapa de penetração no quadro — a acareação com a intenção por trás dele.

À entrada da cooperativa estavam mãe e filho. Este sofria de tabes dorsal e era respeitoso. Ambos estavam de luto. A mulher enfiava um molho de rabanete numa sacola de crochê.

O final da rua, como que amarrotado por um binóculo, amontoou-se como uma bolota franzida, e tudo isso — distante e falso — foi metido numa bolsa reticulada.

A RESPEITO DOS NATURALISTAS

Lamarck lutou pela honra da natureza viva de espada na mão. Você acha que ele aceitou a teoria da evolução como os selvagens da ciência do século XIX? Acho que a vergonha pela natureza queimou as bochechas morenas de Lamarck. Ele nunca a perdoou pela bobagem que se chama mutabilidade das espécies.

Avante! *Aux armes!*[65] Lavemo-nos da desonra da evolução.

A leitura dos naturalistas sistematizadores (Lineu, Buffon, Pallas)[66] influencia magnificamente a disposição dos sentimentos, apruma o olhar e transmite à alma a tranquilidade mineral do quartzo.

Eis a Rússia vista pelo notável naturalista Pallas: as camponesas extraem a garancina[67] usando uma mistura de folhas de bétula e alume; a casca da tília se solta por vontade própria para se tornar fibra e depois ser entrançada no *lá-*

---

[65] Em francês no original: "Às armas". (N. do T.)

[66] Georges-Louis Leclerc, conde de Buffon (1707-1788), naturalista e enciclopedista francês que exerceu forte influência sobre Lamarck e Darwin. Peter Simon Pallas (1741-1811), zoólogo e botanista prussiano, lecionou na Universidade de Petersburgo entre 1767 e 1810. (N. do T.)

[67] Pigmento extraído da garança (*Rubia tinctorum*). (N. do T.)

pot[68] e em cestos; os mujiques consomem um óleo mineral grosso como se fosse óleo medicinal. As mulheres *tchuvách*[69] tilintam penduricalhos nas tranças.

Quem não gosta de Haydn, Gluck e Mozart não entenderá patavina de Pallas.

Ele transferiu para as planícies russas a amabilidade e o corpo arredondado da música alemã. Com suas mãos brancas de *spalla* ele colhia cogumelos russos. Camurça crua, veludo roto — mas quando a gente quebra, por dentro é azul-celeste.

Quem não gosta de Haydn, Gluck e Mozart não entenderá patavina de Pallas.

Falemos da fisiologia da leitura. Tema rico, inesgotável e, ao que parece, proibido. De tudo o que é material, de todos os corpos físicos, o livro é o único objeto que infunde no homem o maior grau de confiança. Um livro consolidado na estante do leitor se assemelha a uma tela estendida em uma moldura.

Quando nos deixamos estar plenamente envolvidos pela atividade da leitura, admiramos principalmente nossas características de espécie, experimentamos uma espécie de êxtase diante da classificação de nossas idades.

Mas se Lineu, Buffon e Pallas coloriram a minha maturidade, então sou grato à baleia por ter despertado em mim o assombro infantil perante a ciência.

No museu de zoologia:
Plic! Plic! Plic! — a experiência empírica não dá para o buraco de um dente.

---

[68] Calçado dos camponeses, feito de casca de tília ou bétula, ou de cordas. (N. do T.)

[69] Grupo étnico que habita a região do Volga. (N. do T.)

Bem, trate de apertar logo essa torneira! Chega!

Acabei de assinar um armistício com Darwin e em minha estante imaginária coloquei-o ao lado de Dickens. Se eles almoçassem juntos, o próprio *mister* Pickwick se juntaria a eles na condição de terceiro de fato. É impossível não nos deixarmos cativar pela bonomia de Darwin. Ele é um humorista não intencional. É próprio dele (acompanha-o) um humor de situação.

E por acaso a bonomia é um método de conhecimento criador, um meio digno de percepção da realidade em torno?

No movimento inverso e descendente de Lamarck pela escada dos seres vivos[70] existe uma grandeza similar à de Dante. As formas inferiores de existência orgânica são um inferno para o homem.

Os bigodes longos e grisalhos dessa borboleta tinham forma de arestas e lembravam com exatidão os ramos da gola de um acadêmico francês ou as palmas prateadas que se depositam sobre os caixões. O peito é forte, no formato de um barquinho. A cabeça é insignificante, de gato.

Suas asas, de olhos grandes, eram feitas da seda bela e antiga de um almirante que esteve tanto em Cesme quanto em Trafalgar.[71]

---

[70] Concepção comum entre os naturalistas do século XVIII, de que existe uma ordem hierárquica dos seres. A sistematização de Lamarck é a seguinte: Deus — homem — quadrúpedes — aves — peixes — cobras — insetos — afídeos (transição para o reino vegetal) — plantas — pedras — sais — enxofre — terra. (N. do T.)

[71] Locais em que se deram as vitórias decisivas da frota naval russa contra a turca (1770) e da frota inglesa contra a franco-espanhola (1805), respectivamente. (N. do T.)

E de repente eu me surpreendi com uma vontade feroz de olhar a natureza pelos olhos pintados desse monstro.

Lamarck sente os abismos entre as classes. Escuta as pausas e síncopes da série evolutiva.

Lamarck foi às lágrimas diante da lupa. Nas ciências naturais ele é a única figura shakespeariana.

Observem, esse velho enrubescido e meio respeitoso desce correndo a escada dos seres vivos como um jovem a quem um ministro lisonjeou numa audiência ou de quem a amante fez a felicidade.

Ninguém, nem mesmo um mecanicista empedernido, considera o crescimento do organismo um resultado da mutabilidade do meio externo. Seria exagerar na desfaçatez. O meio apenas convida o organismo para o crescimento. Suas funções se exprimem em certa benevolência, que é gradual e incessantemente anulada pela severidade que tolhe o corpo vivo e o premia com a morte.

Portanto, para o meio, o organismo é uma probabilidade, um desejo e uma expectativa. Para o organismo, o meio é a força que convida. Mais que um invólucro, é um desafio.

Quando o regente tira um tema da orquestra com a batuta, ele não é a causa física do som. O som já está contido na partitura da sinfonia, no pacto espontâneo entre os executores, na plateia numerosa e no arranjo dos instrumentos musicais.

Os animais de Lamarck são de fábula. Adaptam-se às condições de vida, seguindo La Fontaine. Os pés da garça, o pescoço do pato e do ganso, a língua do tamanduá, a formação simétrica e assimétrica dos olhos em alguns peixes.

Foi La Fontaine, se você quer saber, quem preparou a doutrina de Lamarck. Seus bichos pensantes, que filosofam e fazem pregações morais, foram um excelente material vivo para a evolução, cujos mandatos eles já haviam rateado entre si.

A razão artiodátila dos mamíferos reveste seus dedos de cornos arredondados.

Os cangurus se movimentam a saltos lógicos.

Na descrição de Lamarck, esse marsupial consiste de patas dianteiras fracas — isto é, conciliadas com a sua desnecessidade —, de patas traseiras altamente desenvolvidas — isto é, convencidas da sua importância — e de uma poderosa tese denominada cauda.

As crianças já se reuniram para brincar com a areia do sopé da teoria evolucionista do vovô Krilov,[72] isto é, de Lamarck-La Fontaine. Encontrando abrigo nos Jardins de Luxemburgo, essa teoria se cobriu de bolas e babados.

E gosto quando Lamarck se permite ficar furioso e todo o tédio pedagógico suíço se reduz a cacos. É a Marselhesa irrompendo no conceito de natureza!

Os machos dos ruminantes se enfrentam a testadas. Ainda não têm chifres.

Mas uma sensação interior, provocada pela fúria, já envia para as ramificações frontais os "fluidos" que asseguram a formação de ossos e da substância córnea.

Tiro o chapéu. Deixo o professor passar. Que o trovão juvenil de sua eloquência nunca silencie!

"Ainda" e "já" — os dois pontos luminosos do pensamento lamarckiano, espermatozoides da glória evolucionista e da fotografia, sinalizadores e pioneiros da formação de novas espécies.

Ele era da estirpe dos velhos afinadores de instrumentos, cujos dedos ossudos faziam tinir os pianos nas mansões

---

[72] Ivan Andrêievitch Krilov (1768-1844), fabulista russo, recriou a tradição que se estende de Esopo a La Fontaine. (N. do T.)

alheias. Permitiam-lhe apenas rodeios cromáticos e arpejos infantis.

Napoleão lhe permitiu afinar a natureza porque a considerava propriedade imperial.

Nas descrições zoológicas de Lineu não se pode deixar de observar a relação hereditária e certa dependência em face do zoo de feira. O dono do teatrinho de feira ou o charlatão contratado para dar explicações procura mostrar a mercadoria de seu melhor ângulo. O que esses explicadores-pregoeiros nunca adivinhariam era que desempenhariam certo papel na origem do estilo das ciências naturais clássicas. Mentiam sem medir consequências, a torto e a direito, mas eram, ao mesmo tempo, fascinados por sua arte. Eles se safaram graças ao acaso, mas também à experiência profissional e à tradição duradoura de seu ofício.

Quando criança, na pequena Uppsala, Lineu não podia deixar de visitar as feiras, não podia deixar de ouvir as explicações dadas no zoo itinerante. Como qualquer menino, ele se deixava fascinar e se derretia todo diante do sábio rapagão de botas de montar e chibata, doutor em zoologia fabular, que se desfazia em elogios ao puma enquanto agitava os enormes punhos vermelhos.

Ao aproximar do falastrão de feira as importantes criações do naturalista sueco, não tenho qualquer intenção de rebaixar Lineu. Quero apenas lembrar que o naturalista é um contador de histórias profissional, um demonstrador público de novas espécies interessantes.

Os retratos coloridos dos bichos do *Systema Naturae* de Lineu podiam estar ao lado de quadros da Guerra dos Sete Anos ou de uma oleografia do Filho Pródigo.

Lineu pintou seus macacos com as mais suaves das cores coloniais. Mergulhava seus pincéis em lacas chinesas, pintava com pimenta marrom e vermelha, com açafrão, azeite de oliva e suco de cereja. E cumpriu sua tarefa com destreza e alegria, como um barbeiro que barbeia o prefeito ou a dona de casa holandesa que mói café num moinho bojudo apoiado nos joelhos.

É admirável o brilho de Colombo das jaulas dos macacos de Lineu.

É Adão distribuindo certificados de mérito aos mamíferos, ajudado por um feiticeiro de Bagdá e um monge chinês.

A miniatura persa esguelha com seu olho amendoado, assustado e gracioso.

Pura e sensual, ela é quem melhor convence de que a vida é um dom precioso, inalienável.

Gostos dos esmaltes e camafeus das muçulmanas.

Prosseguindo em minha comparação: o olho quente do cavalo da beldade desce enviesado e benevolente para o leitor. Os talos tostados de couve dos manuscritos farfalham como o tabaco de Sukhumi.

Quanto sangue derramado por causa desses não-me-toques! Como se deliciaram com eles os conquistadores!

Os leopardos têm ouvidos astutos como colegiais de castigo.

O salgueiro-chorão se enrodilhou em uma bola e agora flutua com a corrente.

Adão e Eva deliberam, vestidos na última moda do paraíso.

O horizonte foi erradicado. Sumiu a perspectiva. Uma encantadora falta de perspicácia. A nobre ascensão da raposa pela escada e o sentimento do jardineiro de inclinação à paisagem e à arquitetura.

Ontem lia Ferdusi[73] e tive a impressão de que sobre o livro havia uma abelha, que o sugava.

Na poesia persa, sopram ventos da China como presentes embaixatoriais.

Com uma concha de prata ela haure a longevidade, concedendo-a por uns três ou cinco mil anos a quem desejá-la. Por isso os reis da dinastia Djemdjid são longevos como papagaios.

Depois de um período incrivelmente longo de bondade, os favoritos de Ferdusi se tornam malvados, de repente e a troco de nada, obedecendo unicamente ao arbítrio exuberante da imaginação.

No livro *Shahnameh*, a terra e o céu sofrem do mal de Basedow:[74] têm os olhos encantadoramente saltados.

Apanhei Ferdusi com Mamikon Artemevitch Guevorkian,[75] diretor da Biblioteca Estatal da Armênia. Trouxeram-me uma pilha inteira de pequenos tomos azuis, acho que uns oito. As palavras da nobre tradução em prosa — era a edição francesa de Julius von Mohl — exalavam cheiro de essência de rosas.

Mordendo o lábio caído de governador, Mamikon cantou para mim alguns versos em persa com sua desagradável voz de camelo.

---

[73] Abol-Ghasem Hassan ibn Ali Tusi (*c.* 940-1020), poeta persa, autor de *Shahnameh* (*O livro dos reis*), poema épico com mais de cem mil versos. (N. do T.)

[74] Também conhecida como doença de Graves, ou bócio tóxico difuso, moléstia autoimune que afeta a tiroide. (N. do T.)

[75] Mamikon Artemevitch Guevorkian (1877-1962), filólogo armênio, tradutor e homem de teatro, foi também o primeiro diretor do Teatro Dramático da Armênia. (N. do T.)

A respeito dos naturalistas

Guevorkian é eloquente, amável e inteligente, mas sua erudição é insistente e bombástica demais, e seu discurso é gorduroso como o de um advogado.

Os leitores eram obrigados a satisfazer sua curiosidade ali mesmo, no gabinete do diretor, sob sua inspeção pessoal, e os livros servidos na mesa desse sátrapa ganhavam o sabor da carne cor-de-rosa do faisão, de codornizes amargas, de veados almiscarados e lebres vigaristas.

ASHTARAK

Tive oportunidade de observar o culto das nuvens ao Monte Ararat.

Ali observei o movimento ascendente e descendente do creme de leite, quando é depositado no copo de chá rosado e nele se espalha em tubérculos de cúmulos.

O céu da região de Ararat, no entanto, dá pouca alegria ao Tsavaoth:[76] foi criado por um chapim-real no espírito do ateísmo mais antigo.

O Monte dos Cocheiros com sua neve reluzente, um campo de toupeiras, semeado de pedras dentadas como que por gozação, barracas numeradas em sítios de construções e uma lata de conservas abarrotada de passageiros — eis as redondezas de Erevan.

E de repente um violino, dilapidado em jardins e casas, partido segundo um sistema de andares, com prateleiras, escoras, intercepções, varas e andaimes.

A aldeia de Ashtarak[77] paira sobre o rumor da água co-

---

[76] Literalmente, "Senhor dos Exércitos", um dos epítetos de deus no Antigo Testamento. (N. do T.)

[77] Antiga aldeia, hoje cidade, situada a nordeste de Erevan, na encosta sul do monte Aragats. (N. do T.)

mo sobre uma estrutura de arame. Os cestos de pedra dos seus jardins são o melhor dos presentes para homenagear um soprano ligeiro em um concerto de caridade.

Tivemos de pernoitar em uma ampla casa de quatro dormitórios que havia pertencido a um camponês abastado. A administração da fazenda coletiva se desfez da decoração antiga e instalou ali um hotel rural. No terraço, capaz de acomodar todos os descendentes de Abraão, a melancolia reinava num lavatório leiteiro.

O pomar era uma aula de dança para as árvores. A timidez escolar das macieiras, a competência rubra das cerejeiras... Vejam suas quadrilhas, ritornelos e rondós.

Eu ouvia o murmúrio da calculadora da fazenda coletiva. Nas montanhas desabou uma chuva torrencial, e as enxurradas dos riachos corriam pelas ruas mais rápido que de costume.

A água zunia e inflava em todos os pisos e galerias de Ashtarak — e dava para passar um camelo pelo buraco de uma agulha.

Recebi sua carta de 18 folhas, escrita com letra aprumada e alta como um renque de álamos, e a respondo:

O primeiro choque na imagem sensorial com a matéria da arquitetura armênia antiga.

O olho procura formas, ideias, espera-as, mas em troca esbarra no pão mofado da natureza ou num pastelão de pedra.

Os dentes da visão se quebram e se esfarrapam quando se olha pela primeira vez para as igrejas armênias.

A língua armênia — que não se desgasta — é uma bota feita de pedra. Bem, é claro, suas palavras têm paredes grossas, suas semivogais têm camadas de ar. Mas acaso está aí todo o encanto? Não! De onde então vem a atração? Como explicar? E como entender?

Eu experimentei a alegria de pronunciar sons proibidos aos lábios russos, sons misteriosos, réprobos e, quem sabe, até vergonhosos, em alguma camada profunda.

Havia uma água insípida sendo fervida em uma chaleira de latão, e de repente depositaram nela uma pitada de um magnífico chá preto.

Assim me aconteceu com a língua armênia.

Criei em mim um sexto sentido — o sentido "ararático": o sentido da atração pela montanha.

Hoje, aonde quer que eu seja levado, ele possui uma existência especulativa, e permanecerá.

A igreja de Ashtarak é completamente ordinária e, no contexto da Armênia, mansa. É uma igrejinha de barrete clerical hexaédrico, com um ornamento acordoado na cornija do telhado e franjas igualmente acordoadas sobre os beiços escassos das janelas cheias de frestas.

O portão é quieto como a água sob a grama.

Levantei-me na ponta dos pés e olhei para dentro: lá havia uma cúpula, uma cúpula!

E uma de verdade! Como na basílica de São Pedro, em Roma, que abriga multidões, e palmas, e um mar de velas, e uma liteira.

Ali, as esferas estendidas das absides cantam como conchas. Ali, quatro padeiros — norte, oeste, sul e leste — de olhos vazados, fincados nos nichos afunilados, revistam as lareiras e o espaço entre as lareiras e não acham onde se meter.

Quem teve a ideia de confinar o espaço nesse mísero porão, nesse calabouço miserável, para se lhe render ali as honrarias dignas de um cantor de salmos?

O moleiro, quando perde o sono, sai sem chapéu e vai à casamata examinar as mós. Às vezes eu acordo no meio da noite e repito comigo mesmo as conjugações da gramática de Marr.[78]

O professor Achot vive murado em sua casa de paredes grossas, como a personagem desditosa do romance de Victor Hugo.[79]
Depois de bater com os dedos na caixa de seu barômetro de capitão, ele caminha para o pátio, em direção ao tanque, e num papel xadrez desenha a curva dos sedimentos.

Ele plantava um canteirinho de frutas pouco rentável em um décimo de hectare, um pomar minúsculo cozido no pastelão de pedra e videiras de Ashtarak, e fora excluído da fazenda comunitária por ser uma boca a mais para alimentar.

Em um compartimento da cômoda conservam-se o diploma da universidade, um atestado de conclusão de educação básica e uma pasta aguada com seus desenhos em aquarela — prova inocente de inteligência e talento.

Nele havia o ruído do passado imperfeito.

Trabalhador, de camisa preta e um fogo pesado nos olhos, com o pescoço teatralmente exposto, ele se distanciava na perspectiva do quadro histórico, em direção aos mártires escoceses, aos Stuart.

Ainda não foi escrita uma novela sobre a tragédia dos semieducados.

Acho que, em nossos dias, a biografia de um professor de escola rural pode se tornar um livro de cabeceira, como outrora o foi o *Werther*.

Ashtarak — aldeia rica e bem aninhada — é mais antiga que muitas cidades europeias. É famosa pelas festas da co-

---

[78] Nikolai Marr publicou sua *Gramática do armênio antigo* (*Grammátika drevnearmiánskovo yaziká*) em 1903. (N. do T.)

[79] Referência à personagem Paquette la Chantefleurie, do romance *O corcunda de Notre-Dame* (1831).

lheita e pelos cantos dos *achug*.[80] Os homens criados nas proximidades das videiras amam as mulheres, são comunicativos, gozadores, melindrosos e ociosos. O povo de Ashtarak não constitui exceção.

Do céu caíram três maçãs: a primeira para quem contou a história, a segunda para quem ouviu e a terceira para quem entendeu. Assim termina a maioria dos contos populares armênios. Muitos deles foram registrados em Ashtarak. Essa região é o celeiro do folclore armênio.

---

[80] Do turco *ashik*. No Irã, na Armênia e no Azerbaijão, músicos populares que cantam poemas épicos. (N. do T.)

ALAGUIÓZ

— Em que tempo queres viver?
— Quero viver no particípio imperativo do futuro, na voz passiva — no "deve ser".
É assim que respiro. É assim que gosto. Existe uma honra montada, hípica, uma honra de *basmátch*.[81] Por isso acho magnífico o *gerundium* latino — é o verbo a cavalo.

É, o gênio latino, quando era sequioso e jovem, criou a forma de tração imperativa verbal que é o protótipo de toda a nossa cultura, e não só o "deve ser" como também o "deve ser louvado" — *laudatura est*[82] — aquilo que agrada...

Assim eu falava comigo mesmo ao atravessar a cavalo as barreiras naturais, os acampamentos dos nômades e os pastos gigantescos de Alaguióz.[83]

Em Erevan, Alaguióz se me despontava como um "alô" e um "adeus". De um dia para o outro, sob o tempo bom, principalmente de manhã, eu via sua coroa de neve derreten-

---

[81] Do turco *basmak*, que significa "atacar". Na Rússia, chamavam de *basmátch* o participante de bandos contrarrevolucionários que combateram a implantação do poder soviético na Ásia Central. (N. do T.)

[82] Assim está grafado no original russo. Seria mais correto *laudanda est*. (N. do T.)

[83] Atual Aragatsavan, vilarejo na província de Aragatsotn, na Armênia. (N. do T.)

do, suas escarpas abruptas estalando como torradinhas fritas secas.

E eu me arrastava para lá em meio a amoreiras e casas com telhado de barro.

Um pedaço de Alaguióz morava comigo ali mesmo, no hotel. Não se sabe por que, havia no peitoril da janela uma volumosa amostra de um cristal vulcânico preto — uma obsidiana, um cartão de visitas de mais ou menos uma arroba, esquecido por alguma expedição geológica.

Os acessos a Alaguióz não são estafantes, e não custa nada subi-los a cavalo, apesar dos catorze mil pés. A lava deixou inchaços de terra, por onde a gente passa como se pisasse em manteiga.

Da janela do meu quarto, no quinto andar do hotel de Erevan, eu fazia uma ideia totalmente errada de Alaguióz. Ela me parecia uma cordilheira monolítica. Em realidade, é um sistema de dobras e se desenvolve gradualmente — à medida que sobe, a sanfona de dioritos passa a girar como uma valsa alpina.

Ai, que diazinho cheio eu tive!
Quando me lembro, até hoje o coração salta de susto. Fiquei enredado nele como num camisolão tirado dos baús do meu antepassado Jacó.

A aldeia de Biurakan[84] é famosa pela caça de franguinhos. Eles rolavam pelo chão como bolinhas amarelas, sacrificados ao nosso apetite canibal.

Na escola juntou-se a nós um marceneiro andarilho — homem ágil e experiente. Depois de sorver conhaque, eles nos

---

[84] Aldeia situada na encosta do Aragats. (N. do T.)

contou que não queria saber nem de cooperativas nem de sindicatos. Disse que era homem dos sete instrumentos e em toda parte encontraria respeito e trabalho. Arranjava freguês sem ter que ir ao bazar, e adivinhava pelo faro e pelo ouvido onde precisavam do seu trabalho.

Acho que era de origem tcheca, e parecia o flautista de Hamelin.

Em Biurakan comprei um grande saleiro de barro, que depois deu muito o que falar.

Imagine uma *pássotchnitsa*[85] tosca — uma camponesa de anquinhas e saia rodada, com cabeça de gato e uma grande boca redonda bem no centro do vestiário, onde os cinco dedos da mão entram livremente.

Um feliz achado da família, rica, aliás, de objetos dessa natureza. Mas sua força simbólica, atribuída a ele pela imaginação primitiva, não escapou nem à atenção mais superficial dos citadinos.

Em toda parte havia camponesas de caras chorosas, movimentos arrastados, pálpebras vermelhas e lábios rachados. Têm o andar feio, como se sofressem de hidropisia ou de distensão muscular. Movem-se como montes de farrapos cansados, varrendo a poeira com as barras das saias.

As moscas devoram as crianças, amontoam-se em cachos nos cantos de seus olhos.

O sorriso de uma camponesa armênia idosa é inexplicavelmente bonito — nele há tanta nobreza, dignidade atormentada e certo encanto conjugal altivo.

---

[85] Recipiente em forma de pirâmide usado na produção de coalhada pascal, um prato tradicional russo. (N. do T.)

Os cavalos andam pelos sofás, sobem nos almofadões, pisoteiam os rolos. Você caminha e sente no bolso um convite para visitar Tamerlão.

Vi o túmulo de um curdo gigante, de dimensões fantásticas, e tomei como algo normal.

O cavalinho da frente cunhava rublos com as patas, e sua generosidade não tinha limites.

No arção da minha sela balançava uma galinha não depenada, sangrada pela manhã em Biurakan.

De raro em raro o cavalo se inclinava para a grama, e seu pescoço exprimia obediência aos Teimosos, um povo mais antigo que os romanos.

Chegou o sossego lácteo. Coalhou o soro do leite. Campainhas de requeijão e chocalhos de oxicoco de calibre vário balbuciavam e tilintavam. Ao lado de cada poço do pátio havia um comício de ovelhas karakul.[86] Parece que baliam. Parece que dezenas de pequenos donos de circo haviam armado as suas barracas e o teatro de feira num pulguedo alto e, despreparados para receber casa cheia, mexiam-se em suas *kochis*,[87] tilintavam vasilhas para a ordenha e metiam cordeiros nos abrigos, procurando trancar por toda a noite o rebanho, distribuindo as cabeças de gado que erravam, baforavam e se expunham à umidade.

---

[86] Raça de ovinos originária da Ásia Central. (N. do T.)
[87] Habitações provisórias dos pastores nas pastagens sazonais. (N. do T.)

As *kochis* armênias e curdas em nada diferem pela decoração. São os assentamentos sedentários dos criadores de gado nos terraços de Alaguióz, acampamentos sazonais instalados em lugares bem escolhidos.

Debruns de pedra sugerem o planejamento da tenda e do pátio adjacente, com um muro modelado em estrume. As tendas abandonadas ou desocupadas lembram restos de incêndio.

Os guias, trazidos de Biurakan, ficaram contentes por pernoitar em Kamarlu;[88] tinham parentes ali.

Um casal de velhos sem filhos nos deu pernoite no seio da sua tenda.

A velha se movimentava e trabalhava com gestos chorosos, distanciava-se e benzia-se, preparando o jantar fumarento e os feltros de cama de tenda.

— Tome, fique com esse feltro! Tome, fique com o cobertor... E conte alguma coisa sobre Moscou.

Os anfitriões se preparavam para dormir. Uma luminária iluminava a tenda alta como um pavilhão de estação ferroviária. A mulher tirou um camisolão de morim limpo, de soldado, e vestiu no marido.

Eu me sentia acanhado como num palácio.

1. O corpo de Ársaces está sujo e sua barba asselvajada.
2. O rei tem as unhas quebradas e tatuzinhos se arrastam pelo seu rosto.
3. Seus ouvidos se estupidificaram com o silêncio, mas outrora eles ouviam música grega.
4. A comida dos carcereiros cobriu-lhe a língua de sar-

---

[88] Atual Artashat, centro administrativo da província de Ararat. (N. do T.)

na, mas houve época em que ela apertava uvas contra o céu da boca e era ágil como a ponta da língua de um flautista.

5. O esperma de Ársaces secou no escroto, e sua voz é rala como o balido de uma ovelha.

6. O rei Sapor me suplantou — pensa Ársaces — e, pior ainda, apossou-se do meu ar.

7. Um assírio segura o meu coração.

8. Ele é o chefe dos meus cabelos e das minhas unhas. Faz crescer-me a barba e engole a minha saliva — tão habituado está à ideia de que eu estou aqui, na fortaleza de Anush.

9. O povo de Kushan ficou indignado com Sapor.

10. Eles romperam a fronteira num ponto sem defesa, como quem rompe um cordão de seda.

11. O ataque do povo de Kushan aborreceu e deixou intranquilo o rei Sapor, como um cílio que cai no olho.

12. Os dois lados combateram de olhos semicerrados, para não olharem uns aos outros.

13. Um certo Drastamat, o mais ilustrado e amável dos eunucos, estava no centro do exército de Sapor, infundiu ânimo no comandante da cavalaria, cativou a simpatia do soberano, tirou-o do perigo como a uma peça de xadrez e esteve sempre à vista.

14. Ele governava a província de Andesh no tempo em que Ársaces dava ordens com sua voz aveludada.

15. Ontem era rei, mas hoje despencou numa fenda e enrodilha-se no ventre, como um bebê, é aquecido pelos piolhos e se delicia com a coceira.

16. Quando chegou a hora de sua recompensa, Drastamat enfiou nos ouvidos aguçados do assírio um pedido que lhe fazia cócegas como uma pena:

17. Dê-me um salvo-conduto para a fortaleza de Anush. Quero que Ársaces viva mais um dia repleto de coisas para a audição, o paladar e o tato, como era antes, no tempo em

que ele se distraía com a caça e se preocupava com o plantio de árvores.[89]

É leve o sono nos acampamentos de nômades. Maltratado pelo espaço, o corpo se aquece, apruma-se, procura recordar a caminhada longa. As veredas das serras dão arrepios nas costas. Os prados aveludados deixam as pálpebras pesadas e com comichões. Os encostos dos barrancos nos cavam o flanco.

O sono mura, empareda a gente... Último pensamento: preciso percorrer uma serra...

(1933)

---

[89] Reconto livre de um episódio da crônica histórica armênia, de Fausto de Bizâncio, traduzida para o russo por Mamikon Guevorkian. O rei armênio Ársaces (Arshak II, 350-368 d.C.) sublevou-se contra o rei persa Sapor II (Shapur II, 310-379 d.C.). Este convidou Ársaces à capital Ctesifonte para assinarem a paz e, num ato traiçoeiro, encarcerou-o na fortaleza de Anush, onde o prisioneiro estava condenado a terminar seus dias. O bondoso Drastamat, um armênio que havia se tornado conselheiro de Sapor, pediu ao rei persa para servir uma última refeição ao prisioneiro. No entanto, quando foram trazidas frutas, e com elas uma faca, Ársaces, revoltado com seu destino, se apoderou do instrumento e cravou-a em seu próprio peito. Ao ver isto, Drastamat lançou-se sobre Ársaces, arrancou-lhe a faca do peito e cravou-a no próprio flanco, morrendo junto com seu verdadeiro soberano. (N. do T.)

AS VOZES SUBTERRÂNEAS DA HISTÓRIA

Paulo Bezerra

O rumor do tempo, de Óssip Mandelstam, foi minha primeira tradução para a Editora 34, realizada a convite de Beatriz Bracher, então sua diretora. Foi, também, o início de uma colaboração com essa casa editorial que já dura dezoito anos. Àquela altura eu já estava com meu "Projeto Dostoiévski" pronto, isto é, o projeto de traduzir diretamente do russo os grandes romances de Fiódor Dostoiévski, e já o havia discutido com outras editoras, que concordavam em publicá-lo contanto que eu aceitasse receber o pagamento da tradução por lauda, sem direitos autorais, o que recusei, pois se tratava de autor de domínio público e já estava em vigor a Lei nº 9.610, promulgada em 19/2/1998 pelo então presidente Fernando Henrique Cardoso, que, em seu artigo 14, capítulo II, afirma o seguinte "É titular de direitos de autor quem adapta, traduz, arranja ou orquestra obra caída no domínio público". Assim, dentro do espírito da nova lei, começava minha colaboração com a Editora 34, e *O rumor do tempo* foi o ponto de partida desse processo.

A tradução de Mandelstam foi um teste dificílimo, pois, como grande poeta, ele usa a língua russa de um modo peculiaríssimo, além de praticar uma prosa na qual praticamente se apagam os limites entre poesia e prosa e põe o tradutor num movimento pendular de recriação e criação. Depois de ler a tradução, Boris Schnaiderman me enviou uma carta datada de 10 de maio de 2000, na qual escreveu: "Confesso que fiquei encantado com a abertura de *O rumor do tempo* em português: 'Lembram-me bem os anos de letargia da Rússia' etc., etc. Ali você encontrou o tom exato e conseguiu transmitir à maravilha o poético do original. Outras passagens do mesmo escrito e da *Viagem à Armênia* deixaram-me a mesma impressão".

Em seguida, Boris apontou várias passagens da tradução que a seu ver mereciam ser melhoradas. Adotei várias de suas sugestões, que menciono em notas de rodapé.

Óssip Emílievitch Mandelstam (1891-1938) é mundialmente conhecido como poeta, um dos maiores do período soviético e de todo o século XX. Filho de pai judeu e mãe russa, ambos cultivadores de boas leituras, desde cedo o menino Óssip revelou grande tendência para a literatura, predominantemente para a poesia. Nasceu em um momento em que era quase um axioma na sociedade russa a missão da intelectualidade — *intelligentsia* — como uma espécie de guia do povo. Isso fazia do intelectual objeto de um respeito de tonalidade meio mística — "minha mãe e especialmente minha avó pronunciavam com orgulho a palavra 'intelectual'" (p. 26) —, e, segundo o filósofo Mikhail Guerchenzón, associava-se a palavra *intelligentsia* a uma postura revolucionária, o que de certa forma impunha ao indivíduo com formação e pendores intelectuais um compromisso de trabalhar intensamente a própria personalidade para a renúncia a relações que muito valorizava, à esperança na felicidade pessoal e à própria vida. Desde cedo vemos o menino Óssip rodeado por Schiller, Goethe, Shakespeare, Körner, Púchkin, Liérmontov, Turguêniev, Dostoiévski, Tolstói, isto é, alimentado intelectualmente por um armário de livros que ia construindo sua personalidade intelectual em um dialogismo de culturas em que se cruzavam a história e as tradições do povo judeu com a cultura russa. É nesse contexto que o aluno da Escola Tênichev, já autor de versos, revela forte empatia com o fermento político-ideológico de tonalidades revolucionárias e progressistas que se irradia da grande literatura russa, e isso se aprofunda depois da revolução de 1905, quando Mandelstam passa a ser influenciado pelo movimento populista russo, particularmente pelos SRs, ou socialistas revolucionários, chegando mesmo a flertar com as táticas terroristas do partido. Mas os pais percebem o perigo a tempo e enviam o "simpatizante do terrorismo" para estudar em Paris, passo fundamental na consolidação de sua formação como poeta. Ali ele irá revelar profunda empatia com a cultura e a poesia francesas, particularmente com François Villon e André Chénier. Mais tarde, a esse mosaico cultural irão incorporar-se seus estudos da literatura italiana, especialmente Dante, e incursões nas literaturas georgiana e armênia.

Esses cruzamentos de culturas alimentam as vozes que povoam o universo de Mandelstam, especialmente sua prosa, marcada por um forte diálogo de vozes. Por outro lado, em posição consentânea com o contexto e as tradições político-ideológicas da *intelligentsia*, Mandelstam é um dos primeiros poetas a escrever poemas sobre temas cívicos logo após a Revolução de 1917, que ele viu como um acontecimento destinado a tornar o homem mais coletivo e mais solidário, mais capaz de abrir mão da sua individualidade em prol de algo maior e mais humano. Em "O poeta sobre si mesmo", texto de 1928, ele escreve: "A revolução de outubro não podia deixar de influenciar o meu trabalho, uma vez que me privou da 'biografia', da sensação de importância pessoal. Eu lhe sou grato por ela ter acabado de uma vez por todas com o bem-estar intelectual e a sobrevivência baseada numa renda proveniente da cultura... À semelhança de muitos outros, eu me sinto devedor da revolução, mas lhe ofereço algo de que ela por enquanto não está necessitando".[1] Por ironia da

---

[1] O texto "Poet o sebe" ("O poeta sobre si mesmo") foi publicado como resposta ao questionário "Os escritores soviéticos e Outubro", da

história, esse confisco da "biografia", da "sensação de importância pessoal" e da "sobrevivência baseada numa renda proveniente da cultura" iria ser a tônica funesta da máquina stalinista que impôs a ele e a Nadiéjda, sua mulher, uma sobrevivência quase miserável em seus últimos dias de vida: confiscou-lhe não só a "biografia", mas a própria vida.

Mandelstam não é um poeta que primeiro se consagra na poesia e só depois se exercita na prosa. Esta já está presente na produção ensaística que começa no período ginasiano, quando escreve "O crime e o castigo em *Boris Godunov*" (1906), como trabalho para a Escola Tênichev. Depois viria o ensaio "François Villon" (1910), publicado na revista *Apollón* em 1913 e, no mesmo ano, "O amanhecer do acmeísmo", manifesto da corrente estética da qual foi um dos principais representantes, ao lado dos poetas Nikolai Gumilióv e Anna Akhmátova. Nele, Mandelstam critica os poetas futuristas por considerar que não deram conta do "significado consciente" como matéria da criação e, abandonando-o, cometeram o mesmo erro crasso dos seus antecessores. Ele, ao contrário, como acmeísta, faz sua profissão de fé no significado consciente da palavra, do *logos*. Revelando, porém, uma visão antecipadora, Mandelstam afirma que não fala por palavras, mas por signos, e, contrariando a poética do equívoco dos simbolistas, afirma o primado da materialidade da representação, conclamando os poetas a seguirem o credo central do acmeísmo, que se traduz na máxima: "Amai a existência do objeto mais do que o próprio objeto, e a sua própria existência mais que a si mesmo".[2] E conclui, compa-

---

revista *Tchitátel i Pissátel* (*Leitor e Escritor*), n° 46, em novembro de 1928. A revista foi fechada no mês seguinte.

[2] Óssip Mandelstam, "Utro akmeizma" ("O amanhecer do acmeísmo"), em *Sobránie sotchiniénii v tchetirekh tomakh* (*Obra completa em quatro tomos*), t. 1, p. 180.

rando a construção poética à arquitetura: "Construir significa lutar contra o vazio, hipnotizar o espaço".[3] Em 1913 escreve o ensaio "O interlocutor", e, em 1914, "Piotr Tchaadáiev", texto de cunho filosófico que já revela um pensador maduro, cujas ideias estarão presentes em grande parte da obra do poeta. Em 1915 escreve "Skriábin e o cristianismo" e, no mesmo ano, "Notas sobre Chénier", que muito revela sobre os processos de composição do autor. Ainda nesse ano começa a escrever "Púchkin e Skriábin", um ensaio que pretendia ler em sua apresentação como candidato a membro da Sociedade Filosófico-Religiosa,[4] e que traz elementos de suma importância para a compreensão da sua poética. Em 1921 escreve "A palavra e a cultura", em muitos sentidos uma espécie de programa de toda a sua obra poética madura, e que tem continuidade imediata em "Sobre a natureza da palavra". Completa-se essa trajetória crítica com o ensaio "Conversa sobre Dante", de 1933, que fecha de fato a obra crítica de Mandelstam, na qual a passagem da poesia à prosa vem a se constituir, de fato, numa simbiose dessas duas formas de arte literária, como o traço mais característico de sua poética. Prova disto é que alusões obscuras, muito presentes em sua poesia, migram constantemente para a prosa.

Portanto, quando escreve *O rumor do tempo*, Mandelstam já é um prosador maduro e suas concepções poéticas já estão devidamente consolidadas, o que fornece uma chave para a leitura de sua obra. Por meio dos seus textos de reflexão crítico-filosófica encontramos um artista muito atento às

---

[3] *Idem*, p. 179.

[4] Grupo fundado em 1907, em São Petersburgo, e frequentado por filósofos e cientistas eminentes como Vassili Rózanov e Nikolai Berdiáiev. Teve suas atividades interrompidas em 1917, depois do que passou a funcionar ilegalmente, com interrupções. Mandelstam nunca terminou o ensaio em questão.

conquistas da ciência moderna em todas as suas modalidades, que vê nas descobertas, hipóteses e teorias científicas os fundamentos para uma reflexão em torno de duas questões essenciais: o sentido da história e do ser histórico. Mas, para ele, essas duas questões importam mais quando subordinadas a outra, de sentido determinante: a essência da arte e suas funções no mundo e, como desdobramento, a relação entre arte e consciência social. Essas questões perpassam como *leitmotiv* todos os ensaios acima referidos, e em todos eles três campos da cultura se destacam como interesse permanente: a história, a filosofia e a literatura. Da fusão desses três elementos decorre outro, de sentido sintetizador: a cultura. Esta ele vê como um produto do espírito, como um princípio intelectual, que confere estrutura e arquitetônica ao processo histórico — a história é a história da cultura. É dessa perspectiva que ele constrói toda a narrativa de *O rumor do tempo* e *Viagem à Armênia*.

Ao escrever *O rumor do tempo*, Mandelstam já encontra na cultura russa uma tendência a auscultar os ruídos subterrâneos da história. Em um famoso artigo de 1919, "A ruína do humanismo", o poeta simbolista Aleksandr Blok convida a "ouvir a música da revolução". Em carta a Blok, Andrei Biéli, outro simbolista, diz escutar o "rumor do tempo". Já Mandelstam, permanentemente interessado na marcha histórica, ausculta seus movimentos subterrâneos e lhes dá forma de vida numa narrativa em que as fronteiras entre prosa e poesia se obliteram constantemente, os elementos autobiográficos se diluem no plano histórico e este no estético, a poesia comunica o seu ritmo à prosa, e esta veste as imagens poéticas com a "seriedade" da prosa, e tudo isso transborda em um texto que se configura como uma espécie de *sinfonia em prosa poética*. Concluído em 1924 e publicado em 1925, o livro tematiza as décadas de 1890 e 1900 (nas quais, segundo Mandelstam, tudo transcorreu na "tensa expectativa de um abalo subterrâneo, de um tremor social"),[5] e o faz como uma autêntica viagem cultural pela história da Rússia, metonimizada na cidade de São Petersburgo, a partir da qual o narrador tece a sua crônica da decadência do império. O narrador fala de um passado bem recente (Mandelstam tinha uma sensibilidade muito aguçada para a continuidade da história, achando que o dia de ontem ainda não existe), de um ruído que explode na "música da revolução" e só pode ser captado por um ouvido muito atento. A narrativa se compõe de um mosaico de múltiplas representações, no qual o autor vai mesclando pequenos "ensaios" com suas lembranças de pessoas, residências, concertos, acontecimentos políticos, luta estudantil, e da confluência de todos esses dados a história se faz estória e a representação do *locus* Petersburgo transborda na representação de todo um universo: a Rússia às vésperas das revoluções de 1905 e 1917. Isto se deve à bem arquitetada articulação entre o histórico e o biográfico, sendo este último tão sutilmente trabalhado que se dissolve no contexto maior da cultura e da história e acaba passando a segundo plano. Tal procedimento decorre do peso secundário que Mandelstam atribui ao elemento biográfico na literatura — "Minha memória é hostil a tudo o que é pessoal" (p. 80).

No dia 14 de julho de 1929, Nikolai Bukhárin, então presidente da Internacional Comunista e redator-chefe do jornal *Izviéstia*, enviava uma carta a Ter-Gabrielian, presidente do Comissariado do Povo da Armênia, na qual recomendava Mandelstam como um homem muito culto e pedia que o presidente lhe arranjasse trabalho na área cultural. Começava assim a "aventura" cultural de Mandelstam pela Ar-

---

[5] No texto de 1922 "Gumanizm i sovremennost" ("O humanismo e a atualidade"), em *Sobránie sotchiniénii v tchetirekh tomakh* (*Obra completa em quatro tomos*), t. 1, pp. 286-7.

mênia, que se cristalizaria na bela narrativa que fecha o ciclo da prosa de ficção do poeta e prosador. O texto é uma espécie de viagem histórico-antropológica em que a Armênia começa a configurar-se a partir da ilha de Sevan numa simbiose lírica de cultura, história e literatura. Os capítulos vão-se entrecruzando em um caleidoscópio de narrativas em que temas da cultura universal dialogam com a cultura local, e o tema armênio ora parece ausentar-se, ora retoma a presença através de associações, lembranças ou comparações diretas que o revivificam e enriquecem. Nesse entrecruzamento de temas forma-se um grande dialogismo de culturas, no qual vozes diversas se cruzam em diferentes diapasões, cada uma com sua característica própria mas todas regidas pela batuta de um maestro narrador que lhes dá unidade e as faz confluírem para os capítulos "Ashtarak" e "Alaguióz", que encerram a viagem. Tudo isso é entretecido no estilo característico do acmeísmo, que consagra a sensação do objeto e da palavra, resultando daí um quadro de grande expressividade em que as texturas, cores e aromas se destacam com nitidez.

Em *Viagem à Armênia*, Mandelstam aplica sua concepção de cultura como meio de ler a história: através da incursão pela cultura ele penetra na história da Armênia e lança pontes entre o passado e o presente.

Em carta de 3 de abril de 1933, enviada à escritora Marietta Chaguinian, Mandelstam defende "a realidade contra seus definidores mortos" e afirma que, em *Viagem à Armênia*, "a realidade não é algo dado, mas nasce conosco. Para que o dado se torne realidade é necessário ressuscitá-lo no sentido literal do termo. É isto que é ciência, é isto que é arte".[6]

---

[6] Em *Sobránie sotchiniénii v tchetirekh tomakh* (*Obra completa em quatro tomos*), t. 4, pp. 149-50. Marietta Chaguinian era autora de romances no estilo do realismo socialista.

Mandelstam antecipa a reação crítica mais conservadora ao seu livro. No jornal *Pravda* de 30 de agosto de 1933, o crítico S. Rosenthal acusa o livro de ser composto apenas de reflexões, e "de reflexões que sofrem da pobreza de um pensamento encoberto por declamações pomposas, mas anêmicas. [...] As imagens de Mandelstam exalam o mofado chauvinismo de grande potência, que, esbanjando encômios à Armênia, elogia o seu exotismo, o seu passado servil, já que Mandelstam não escreveu uma só linha sobre a atualidade. [...] O velho poeta-acmeísta de Petersburgo Ó. Mandelstam omitiu a realidade da nova Armênia, que floresce tempestuosamente e constrói alegremente o socialismo".

Rosenthal refletia um clima de animosidade e perseguição a Mandelstam nos meios literários oficiais e jornalísticos, que teve início em 1929. E vindo do *Pravda*, porta-voz oficial do bolchevismo-stalinismo, o texto, antes de ser uma resenha crítica, era de fato uma sentença antecipada de dupla morte: literária e pessoal. Mandelstam recebe com certo entusiasmo a revolução socialista russa e desde o início procura engajar-se à nova sociedade. Mas seu profundo sentido da história o mantém atento aos acontecimentos cotidianos, imprimindo constantemente uma tonalidade trágica à sua poesia, como se vê em "O século", poema de 1922:

> Século meu, quem conseguiria, animal meu
> Fitar tuas pupilas
> E colar com o sangue teu
> As vértebras de dois séculos

O século-animal se volta contra Mandelstam em uma das suas mais funestas encarnações: o stalinismo. Deixando-se levar por sua posição de cidadão e perseguido, naquele mesmo ano de 1933 ele escreve um poema em que, além de reclamar do cerceamento da liberdade de informação e expressão ("Sem sentir o país sob os pés vivemos nós/ A dez passos não se ouve a nossa voz"), apresenta Stálin como o "montanhês do Krêmlin", de "dedos gordos como vermes" e "bigode de barata em eterno rir", rodeado de chefes canalhas e brincando "com os préstimos dessa gentalha". O poema, evidentemente, não foi publicado, mas na noite de 13 de maio de 1934 o autor foi preso e, segundo Nadiéjda Mandelstam, sua mulher, passou a esperar o fuzilamento a qualquer instante, pois, como ele mesmo lhe disse naquela ocasião, "só em nosso país se respeita a poesia. Por ela se mata". Mas em vez de fuzilado foi confinado no lugarejo Tchérdyn e, posteriormente, recebeu permissão para morar onde quisesse, desde que não fosse numa das doze maiores cidades da URSS. Foi morar, então, na cidade de Vorônej. Stálin ordenara: "Isolar, mas conservar vivo".

Nikolai Bukhárin, que era amigo e protetor de Mandelstam, intercedeu pelo poeta em um bilhete a Stálin, lembrando que o poeta Boris Pasternak, por quem Stálin nutria grande respeito, também estava preocupado. A menção fez com que Stálin telefonasse a Pasternak, e entre os dois deu-se um diálogo que se tornou famoso. Depois de assegurar que o caso Mandelstam estava sendo revisto e humilhar Pasternak, afirmando que se um amigo dele, Stálin, caísse em desgraça, ele subiria na parede para ajudá-lo, o ditador perguntou: "Mas ele é um mestre, não é? Não é um mestre?". "Sim, mas esse não é o problema" "E qual é o problema então?" "Gostaria que tivéssemos uma entrevista, para conversarmos" "Sobre o quê?" "Sobre a vida e a morte." Stálin bateu o telefone. Era muita petulância de simples mortal, ainda que grande poeta, querer conversar sobre semelhante tema com o senhor da vida e da morte de milhões — principalmente da morte.

Mas Stálin não telefonou a Pasternak por acaso: queria saber de fonte autorizada o real valor de Mandelstam na bolsa da poesia. Estava seguindo uma tradição que Marcel Detienne estudou em *Os mestres da verdade na Grécia Arcaica*: o poeta é um mestre da verdade, sua palavra perpetua na memória das gerações futuras os feitos dos reis, podendo projetar deles uma imagem positiva ou negativa. E Stálin sabia que sua imagem nas gerações futuras dependia muito do que os poetas viessem a dizer. Mas tinham de ser poetas que se destacassem por aquela qualidade estética que assegura vida longa à sua obra. Por isso ele insistiu com Pasternak: "é um mestre?". E mestre é aquele capaz de exaltar com o mesmo virtuosismo com que desmascara. Portanto, em vez de fuzilar logo Mandelstam, era mais inteligente levá-lo a usar o seu grande talento para engrandecer Stálin. Manter o poeta vivo e mandá-lo não para um campo de trabalhos forçados, mas para um lugarejo isolado e depois para a cidade de Vorônej, era preservá-lo na condição de "devedor". E Mandelstam entendeu o recado ou lhe sugeriram entender, e escreveu a tão esperada ode a Stálin. Mas não o fez como o ditador esperava: à custa de enorme sacrifício, de horas e horas em luta com a folha de papel em branco, finalmente saiu a tal ode, mas em tom pesado, distante da leveza e da musicalidade características da sua poesia. O tiro de Stálin saiu pela culatra: aquela ode poderia ter sido escrita por qualquer um dos milhares de poetastros que o faziam diariamente nas páginas de jornais e revistas; o tema não precisava do virtuosismo de Mandelstam. Mas ainda assim Stálin conseguiu que o poeta que o descrevera como o "montanhês do Krêmlin", com "dedos de verme" e "bigodes de barata" afirmasse por escrito que ele era um "nome glorioso [...] para a honra e o amor, o ar e o aço", "mais verdadeiro que a verdade". Contudo, um mês depois, Mandelstam escreveu outro poema laudatório, desta feita com a leveza característica da sua poesia, que termina com o poeta entrando livremente no Krêmlin, "sem salvo-conduto", "rasgando o pano das distâncias". Contraditório? Sem dúvida. E a tal ponto que Boris Schnaiderman admite que talvez se trate de uma "'identificação com o agressor' numa escala desmedida". Mas a contradição é deste mundo, como já dizia o nosso Machado de Assis. Talvez Mandelstam esperasse com isso salvar a própria vida. Mas em vão: acabou novamente preso e veio a morrer quando rumava a um campo de trabalhos forçados, vítima da fúria de um período funesto da história, do seu "século-animal".

ÓSSIP E NADIÉJDA MANDELSTAM[1]

Seamus Heaney

"Depois de dar um tapa na cara de Aleksei Tolstói, M. retornou imediatamente para Moscou e, de lá, passou a ligar todos os dias para Anna Akhmátova, implorando que ela viesse também." Seria difícil encontrar uma abertura mais dramática do que a primeira frase de *Vospominánia* (*Memórias*), o livro de memórias de Nadiéjda Mandelstam.[2] O pânico motivado por essa ocasião é comparável apenas ao orgulho da autora ao lembrá-la, ainda que o que está sendo lembrado seja a história fatal de seu marido, o poeta Óssip Mandelstam, o M. dessa obra indômita.

Em 1932 Aleksei Tolstói presidiu um "tribunal de camaradas", estabelecido pela União dos Escritores Soviéticos a fim de ouvir a queixa de Mandelstam contra o romancista Sarguidjan.[3] Os Mandelstam, à época, encontravam-se em situação de ignomínia perante as autoridades soviéticas, e o

---

[1] O ensaio "Osip and Nadezhda Mandelstam", extraído de *The Government of the Tongue* (Londres/Boston, Faber & Faber, 1988), de Seamus Heaney, Prêmio Nobel de Literatura em 1995, é uma reelaboração do texto homônimo publicado pela primeira vez em agosto de 1981 na *London Review of Books*. A tradução é de Danilo Hora. (N. do T.)

[2] Também conhecido no Ocidente pelos títulos *Hope Against Hope* e *Contre tout espoir*.

[3] Amir Sarguidjan era o pseudônimo do escritor russo Serguei Petróvitch Borodin (1902-1974), autor de romances históricos e ganhador do Prêmio Stálin de Literatura em 1942. (N. do T.)

romancista e sua esposa haviam sido colocados para espioná-los no prédio em que residiam. Em consequência da proximidade, desconfiança e hostilidade resultantes, Sarguidjan chegou a bater "muito forte" em Nadiéjda. O tribunal concluiu que "todo o caso era algo remanescente do sistema burguês, e que ambos os lados eram igualmente culpados". Então teve início uma comoção no tribunal e os juízes refugiaram-se em uma sala separada, mas, no final, Aleksei Tolstói abriu caminho em meio à multidão aos gritos de "Deixe-me em paz, deixe-me em paz. Eu não pude fazer nada! Só estávamos seguindo ordens". Dois anos depois, Óssip deu o tapa de retaliação. Nas palavras de Nadiéjda, ele achava que "o homem não deveria ter seguido as ordens. Não esse tipo de ordem. E isso é tudo".

É claro que isso está longe de ser tudo. O tapa foi apenas a manifestação externa da dádiva que retornara a Mandelstam em meados da década de 1930, quando ele fez sua viagem à Armênia. Ao longo dessa viagem, foi restaurada a sua sensação de estar fazendo o certo, a sua liberdade interior, sem a qual ele não era capaz de conjurar sua poesia, e teve fim o seu silêncio poético de cinco anos. Junto com a poesia, veio também o poder de desobedecer, e mais tarde, quase que provando para si mesmo que tal poder era absoluto, Mandelstam escreveu "O montanhês do Kremlin", um poema inusitadamente explícito e "político" contra Stálin. Esses versos foram o verdadeiro motivo da primeira prisão de Mandelstam, ocorrida um ou dois dias após o incidente do tapa na cara: Davi enfrentava Golias com oito dísticos de pedra em sua atiradeira.

A polícia secreta fez uma busca no apartamento em Moscou, Mandelstam foi levado para o quartel da prisão de Lubianka, onde foi interrogado e condenado a três anos de exílio em Tchérdin, e lá, em estado de demência, tentou o suicídio ao atirar-se da janela de um hospital. Foi então que aconteceu o "milagre", como conta Nadiéjda Mandelstam. Como consequência do interesse pessoal de Stálin no caso, interesse alimentado pela forma sutil como Boris Pasternak lidara com um telefonema do próprio ditador, a sentença foi comutada para exílio em qualquer parte da Rússia ocidental, excluindo as cidades principais.

"Mandelstam de repente se lembrou de que Leonov, um biólogo da Universidade de Tachkent, havia lhe falado bem de Vorônej. [...] O pai de Leonov trabalhava lá, como médico em uma prisão. 'Quem sabe não vamos precisar de um médico de prisão', ele disse, e então escolhemos Vorônej." O tom leve parece muito característico. E para um homem que viajava propositalmente com tão pouca bagagem, que identificava-se refletidamente com os *raznotchínets* — os "arrivistas intelectuais" dos anos 1860 — e que a essa altura já estava insuflado por Dante a ponto de achar que o seu próprio costume de compor seus poemas oralmente, e com muita frequência ao caminhar, era algo já prefigurado pelo mestre; para tal homem, capaz "de se perguntar muito a sério quantos calçados de couro de boi, quantas sandálias Alighieri teria gasto ao longo de sua obra poética, perambulando pelas trilhas dos bodes italianos", a ideia de exílio não era de todo debilitante. No entanto, a sensação ilusória de bem-estar foi alcançada apenas quando ele já havia recuperado a estabilidade mental: em suas alucinações durante a jornada de Moscou a Tchérdin e no período de confinamento no hospital, Mandelstam experimentou um verdadeiro terror, uma percepção irrestrita de estar condenado. Uma vez, sua mulher e uma funcionária do hospital tiveram que esconder o relógio, de forma a aliviar sua convicção delirante de que os executores chegariam naquela ala às seis em ponto para fuzilá-lo.

Nadiéjda tinha uma percepção igualmente irrestrita, mas foi capaz de mantê-la sob a luz de uma consciência sadia. Ela de repente se tornou uma guerrilheira da imaginação, devota à causa da poesia, à preservação dos feitos de seu marido e, em particular, à preservação de seus manuscritos. As palavras que formavam parte da sentença comutada, que pretendia "isolar" e "preservar" o poeta, poderiam descrever igualmente a tarefa que Nadiéjda tomou para si mesma, instintivamente e como uma religião — e a palavra não é forte demais —, no momento em que a polícia secreta entrou no apartamento do casal. Dali em diante, ela foi como um sacerdote caçado em tempos de martírio, viajando perigosamente com o altar da fé proibida e arranjando a segurança dos manuscritos entre seguidores secretos. E, inevitavelmente, após ser consagrada guardiã, ela estava destinada a se tornar uma testemunha.

Foi em decorrência disso que a obra madura do grande poeta sobreviveu, e que, no final dos anos 1960, dois dos livros mais revigorantes dos nossos tempos foram finalmente escritos.[4] Esses livros trazem uma imputação arrasadora de boa parte do que aconteceu na Rússia pós-revolucionária e, mais intimamente, a história do exílio de Mandelstam em Vorônej, de seu retorno a Moscou em 1937, de sua prisão e deportação para um campo de trabalho: "*Pedra* foi o meu primeiro livro, e será o meu último também". Ele morreu pouco antes de seu aniversário de 48 anos em um campo de trânsito nos arredores de Vladivostok, tendo atravessado a distância de cinco mil e quinhentas milhas, desde Moscou, em um trem de transporte de prisioneiros. A causa oficial de sua morte foi dada como "falência cardíaca": Mandelstam realmente sofria do coração, embora possa ter morrido de tifo. Sua viúva relata a forma como recebeu a notícia:

---

[4] Os livros *Vospominánia* (*Memórias*), e *Vtoráia kniga* (*Segundo livro*), de Nadiéjda Mandelstam, foram publicados, respectivamente, em 1970 e 1972, em Nova York e Paris. (N. do T.)

"Mandaram-me um bilhete pedindo que eu fosse ao posto de correio do portão Nikitski. Lá me devolveram o pacote que eu tinha enviado para Mandelstam no campo de trabalho. 'O destinatário está morto', informou a jovem mulher atrás do balcão. É muito fácil determinar o dia em que o pacote me foi devolvido: foi no mesmo dia em que os jornais publicaram uma longa lista de prêmios institucionais — a primeira de todas — a autores soviéticos."

A essa altura, a obra de Mandelstam já estava concluída, ainda que só em 1955, com a publicação de suas *Obras completas* em Nova York,[5] tenha surgido algo parecido com uma edição definitiva. Antes disso, mais de duzentos de seus poemas vinham sendo preservados em condições "pré-gutemberguianas". Até onde sabia o leitor soviético, a obra poética de Mandelstam chegara ao fim com o aparecimento de três livros em 1928, o ponto mais alto de sua carreira pública de escritor: a coletânea *Poemas*, uma coletânea de textos críticos chamada *Sobre a poesia* e um volume que continha *O rumor do tempo* — um relato autobiográfico de sua infância em Petersburgo — e a novela *A marca egípcia*, que dava nome ao volume. Mas, em Vorônej, os Mandelstam compilaram em três cadernos a produção que se seguiu a isso. Segundo Nadiéjda:

"Sempre me perguntam sobre a origem desses 'Cadernos'. Era assim que nos referíamos a todos os poemas que ele compôs entre 1930 e 1937, os

[5] Óssip Mandelstam, *Sobránie sotchiniénii* (*Obras completas*), Nova York, Izdátelstvo Imiéni Tchékhova, 1955, com organização de Gleb Struve. (N. do T.)

quais, já em Vorônej, nós copiamos para cadernos de escola comuns (nós nunca conseguíamos arranjar papel decente, e mesmo esses cadernos apareciam só de vez em quando). O primeiro grupo constituía o que agora se chama 'Primeiro caderno de Vorônej' [ao que parece, de poemas escritos no exílio], e todos os poemas escritos entre 1930 e 1934, que haviam sido confiscados durante as buscas em nosso apartamento, foram copiados para um segundo caderno. [...] No outono de 1936, ao acumular mais alguns poemas, Mandelstam pediu que eu conseguisse um novo caderno escolar."

Apesar de seu descaso pela "escrita" (a palavra era usada com desdém para descrever, entre outras coisas, relatórios de informantes; além disso, Mandelstam não trabalhava com uma caneta em mãos, mas "mexendo os lábios"), o poeta compreendera que um manuscrito era mais duradouro do que um homem, e que a memória não tinha como servir de santuário permanente para a poesia. Todavia, foi daquele santuário que ela emergiu com força intensa. Por exemplo, enquanto Nadiéjda trabalhava em uma fábrica têxtil em Strúnino, após a segunda prisão de Óssip, ela mantinha o sono afastado ao murmurar os versos para si mesma: "Tive de memorizar tudo para o caso de levarem embora os meus papéis, ou caso as várias pessoas a quem eu havia dado cópias se assustassem e as queimassem em um momento de pânico". E então há a seguinte cena, transcorrida em um sótão ocupado por criminosos, e relatada a Nadiéjda por um homem que havia passado junto com Mandelstam pela última estação de trânsito:

"Sentado com os criminosos estava um homem de barba espetada, vestindo uma jaqueta de couro amarela. Declamava versos que L. logo reconheceu. Era Mandelstam. Os criminosos lhe ofereciam pão e comida enlatada, e ele se servia com tranquilidade e comia. Evidentemente, tinha medo apenas de comer o que os carcereiros lhe davam. Os outros ouviam-no em profundo silêncio e vez ou outra pediam que ele repetisse um poema."

Ainda que o Mandelstam maduro viesse a se identificar cada vez mais com párias e exilados, seu primeiro círculo de amigos estava bem no centro do mundo literário da Petersburgo pré-revolucionária. No terceiro capítulo do *Segundo livro*, Nadiéjda reconhece implicitamente a importância desse primeiro momento de segurança e amizade com poetas como Nikolai Gumilióv e Anna Akhmátova. O capítulo fala sobre o cuidado moral e artístico capaz de fluir em uma comunidade de espíritos que "possuem verdadeiramente o direito de se referirem a si mesmos como *nós*".

"Tenho certeza de que, sem esse *nós*, não é possível haver uma realização adequada do mais ordinário *eu*, ou seja, da personalidade. Para que tal realização seja encontrada, o *eu* precisa ao menos de duas dimensões complementares: o *nós* e — caso seja muito aventurado — o *tu*. Creio que Mandelstam teve muita sorte de ter um momento em sua vida em que esteve conectado a um grupo de outros pelo pronome *nós*."

Contra essa congregação de valores reais, os grupinhos heréticos do *establishment* soviético não tinham como prevalecer, ainda que eles tenham de fato ganhado no curto prazo ao fuzilarem Gumilióv (o primeiro marido de Akhmátova) em 1921, ao caçarem Mandelstam até seu exílio e morte e ao silenciarem Akhmátova durante décadas. Todavia, do alto dos anos 1960, Nadiéjda pôde declarar triunfantemente a convicção que a conduzira pelos tempos mais sombrios, e pôde excomungar seus inimigos com a autoridade natural de alguém que espanta uma mosca de seu prato: "Esses grupinhos não provam a existência de um senso de camaradagem, uma vez que consistem de individualistas em busca dos próprios objetivos. Referem-se a si mesmos como *nós*, mas, nesse contexto, o pronome indica apenas uma pluralidade desprovida de qualquer sentido ou significado mais profundo". O tema que subjaz em suas memórias é o da guerra entre os valores humanistas e um sistema utilitário baixado por decreto e imposto pelo terror, e a história que elas contam é implacavelmente angustiante a ponto de ser fácil esquecermos da exuberância puramente literária daquele período mais remoto da primeira associação de Mandelstam com os poetas acmeístas, quando sua guerra principal era contra os simbolistas, quando ele gastava seus calçados apenas em viagens estudantis a Paris, a Heidelberg e, muito provavelmente, à Itália.

Robert Tracy faz um relato das principais influências que pairavam no ar à época de *Pedra*, o primeiro livro de Mandelstam, que ele traduziu *in toto* e em versos rimados, em uma edição bilíngue com uma excelente introdução e notas bastante esclarecedoras.[6] Tracy evoca o mundo da infância e da educação de Mandelstam, conjurado pelo próprio poeta de forma tão hiperbólica em seu *O rumor do tempo*, e nota que a sensação posterior de "não pertencimento" já se mostrava presente na consciência infantil de uma tensão entre "O caos judaico" de sua casa e o mundo imperial de Petersburgo, "o paraíso de granito dos meus passeios regula-

---

[6] Osip Mandelstam, *Stone*, tradução, introdução e notas de Robert Tracy, Princeton, Princeton University Press, 1981. (N. do T.)

res". Tracy vislumbra também a importância da familiaridade com os clássicos e a literatura russa, que Mandelstam desenvolvera ainda na Escola Tênichev, onde seu professor mais influente foi o poeta simbolista V. V. Hippius, vivamente relembrado em O *rumor do tempo*:

> "V. V. tinha estabelecido uma relação pessoal com os escritores russos [...], um conhecimento bilioso e amoroso, repleto de uma inveja e um ciúme nobres, de um desrespeito jocoso, de uma arbitrariedade consanguínea, como é de praxe entre membros da mesma família. [...] O poder dos julgamentos de V. V. até hoje tem efeito sobre mim. A grande viagem que fiz com ele pelo patriarcado da literatura russa [...] continua sendo a minha única. Depois disso, limitei-me a leituras esporádicas."
> [pp. 90-1 desta edição]

Mas não foi com o simbolista Hippius que ele descobriu seu verdadeiro rumo poético, e sim com o grupo conhecido como "acmeístas", cujos membros mais importantes constituíam aquela primeira comunidade à qual Nadiéjda se refere simplesmente como "a troica".

Os acmeístas se formaram por fissão e reação aos simbolistas. Nas palavras de Clarence Brown, eles exigiam "o abandono do dualismo metafísico dos simbolistas e um retorno às coisas deste mundo; uma clareza clássica e mediterrânea em contraposição à bruma gótica e nórdica dos simbolistas; uma abordagem firme e viril da vida".[7] Ótimo material de manifesto. Além disso, havia a "determinação de introduzir na poesia certa leveza digna de Mozart (e Púch-

---

[7] Esta e a próxima citação são de Clarence Brown, *Mandelstam*, Cambridge, Cambridge University Press, 1973, p. 56. (N. do T.)

kin)", um sentimento do poema como estrutura animada, um equilíbrio de forças, uma arquitetura. Tudo isso transcorria e fervilhava em Mandelstam na forma de uma devoção furiosa ao mundo físico, ao banco da memória etimológica, à palavra como sua própria forma e conteúdo — "a palavra é um embrulho, de onde o significado se projeta em direções diversas".[8] Essa abordagem bruscamente doméstica, essa impaciência com o modo como os simbolistas "perverteram a percepção" corre por toda a prosa e poesia de Mandelstam. Quando ele estava a todo vapor — e ele nunca escrevia de outra forma —, seu contato profundo com os simples e miraculosos recursos da linguagem enquanto instrumento fonético era o que o mantinha colado ao chão do ordinário, ainda que sua língua desenhasse espirais sinuosas de associações fantásticas. Seu ensaio "Sobre a natureza da palavra", publicado em 1922, e por isso uma espécie de recapitulação de suas primeiras ideias, é de uma segurança e de uma vigarice brilhantes, como quando ele faz seu famoso ataque à rosa simbolista:

> "A rosa é a imagem do sol, e o sol, a imagem da rosa; a rolinha é a imagem da moça, e a moça, a imagem da rolinha. As imagens são desvisceradas como espantalhos e estofadas com uma substância estranha a elas. [...] Nada resta a não ser uma terrível quadrilha de 'correspondências', onde todos acenam uns aos outros. Piscadelas sem fim. Nunca uma palavra clara, nada além de insinuações e sussurros reticentes. A rosa acena para a

---

[8] Óssip Mandelstam, "Razgovor o Dante" ("Conversa sobre Dante"), em *Sotchiniénia v dvukh tomakh* (*Obra em dois tomos*), t. 2, Moscou, Khudójestvennaia Literatura, 1990. (N. do T.)

moça, a moça acena para a rosa. Ninguém quer ser ele mesmo."⁹

Em contraposição ao bruxuleio, ao bamboleio, à elusividade selvática de tudo isso, o instinto de Mandelstam levou-o a buscar a confiável jazida mineral e a solidez abobadada dos edifícios. A pedra tornou-se sua imagem, a dureza e o projeto, sua consolação. Mesmo em uma obra tardia como *Viagem à Armênia*, podemos ver sua felicidade plena ao arremeter-se contra achados como este:

"Na infância, por causa de um amor-próprio surdo, de um falso orgulho, eu nunca saí para colher amoras nem apanhar cogumelos. Mais que de cogumelos, eu gostava das pinhas góticas das coníferas e das hipócritas castanhas do carvalho, com seus gorrinhos monásticos. Eu acariciava as pinhas. Elas se eriçavam. Tentavam me convencer de algo. Em sua ternura cascuda, em sua basbaquice geométrica eu percebia rudimentos de arquitetura, cujo demônio me acompanhou por toda a vida." [p. 116 desta edição]

Robert Tracy também discute a importância da arquitetura e da pedra, e comenta de forma lúcida a relevância central dos poemas de Mandelstam sobre edifícios. Leva a cabo, em suas traduções, a disciplina do poeta, tentando manter as simetrias e os preenchimentos de rimas e estrofes; não é dono de um ouvido tão apurado como o de Mandelstam — mas quem é? — e faz desaparecer a alta voltagem dos jogos de

---

[9] Óssip Mandelstam, "O prirode slova" ("Da natureza da palavra"), em *Obra em dois tomos, op. cit.* (N. do T.)

palavras e das associações internas, tão distintivo no original russo. Mas muito se ganha quando se mantém o metro e a rima: a base metafórica do edifício é assim preservada — apesar de que, ao prolongar demais essas metáforas de construção, a euforia dos "lábios mexendo" pode ser deturpada. Certa vez, um poeta russo me disse que a estrofe de Mandelstam possui o impacto ressonante do W. B. Yeats tardio; Tracy então, tinha onde basear seu trabalho, que ocasionalmente se eleva à altura do original, como é o caso do "Poema 78":

> Sleeplessness. Homer. The sails tight.
> I have the catalogue of ships half read:
> That file of cranes, long fledgling line that spread
> And lifted once over Hellas, into flight.
>
> Like a wedge of cranes into an alien place —
> The god's spume foaming in the prince's hair.
> Where do you sail? If Helen were not there
> What would Troy matter, men of Achaean race?
>
> The sea, and Homer — it's love that moves all things.
> To whom should I listen? Homer falls silent now
> And the black sea surges toward my pillow
> Like a loud declaimer, heavily thundering.[10]

---

[10] Trata-se do poema sem título de 1915 que começa "Biessônitsa. Gômer. Tuguíe parussá". As traduções que seguem, ainda inéditas em livro, foram feitas do original russo por Guilherme Zani, com algumas alterações nossas: "Insônia. Homero. Velas retesadas./ Memorizei metade da lista de naves:/ Esse longo bando, essa esquadra de aves/ Que sobre a Hélade outrora se elevara.// Por terras estrangeiras, qual cunha de grous —/ Sobre a testa dos tsares a divina espuma —/ Aonde seguis? Não houvesse Helena alguma,/ O que seria, Aqueus, Troia para vós?// E o mar, e

Enquanto tradução, isso é mais que impressionante. Mas o que torna o livro de Tracy inestimável é o seu senso de contextualização. Sua introdução possui uma seção importante chamada "Poesia e citação", onde ele acentua, com razão, a forma como os poemas de Mandelstam estão "tão firmemente enraizados em um contexto histórico e cultural quanto o *Ulisses*, de James Joyce, ou *Waste Land*, de T. S. Eliot". Suas notas aos poemas são essenciais para aqueles que buscam esse contexto, especialmente no que se refere a outros poetas russos ou à crítica de Mandelstam.

Outra coisa que esses poemas trazem é a verve e imediatez de suas ocasiões, que retomam o programa acmeísta em seu caráter mundano: há poemas sobre tênis, sobre sorvete e filmes mudos, poemas que parecem ter saltado de um só impulso. Por vezes Tracy alcança aquela nota de intenção casual com uma facilidade convincente:

> When I hear the English tongue
> Like a whistle, but even shriller —
> I see Oliver Twist among
> A heaping of office ledgers.
>
> Go ask Charles Dickens this,
> How it was in London then:
> The old City with Dombey's office,
> The yellow waters of the Thames.[11]

Homero — a tudo o amor agita./ A quem prestar ouvidos? Homero está calado,/ E eis que o Mar Negro, seu marulho declamado,/ Com sólido estridor da cabeceira se aproxima". (N. do T.)

[11] Estrofes de abertura do poema "Dombi i syn" ("Dombey e filho"), de 1913-14: "Ao ouvir, agudo assobio,/ Os sons da língua inglesa —/ Eu posso ver Oliver Twist/ Com vários livros contábeis na mesa.// Vá pergun-

Existe uma espécie de *élan* sadio a pairar sobre a maior parte deste livro, e o fato de ser ele justamente um livro, e não apenas uma seleta de poemas significativos, só faz aumentar a nossa percepção de quão significativo foi *Pedra* aos olhos dos seus contemporâneos. A maior parte dos interessados em Mandelstam vai reconhecer a importância de suas peças-chave com temas arquitetônicos — "Santa Sofia", "Notre-Dame", "O almirantado" — e admirar seu tom seguro e ambicioso; mas conhecê-las lado a lado com outros poemas, cuja segurança é muito menos incontestável, isso é ter acesso a uma avaliação mais plena de sua força afirmativa. O poema seguinte (número 62), que já havia me encantado quando o conheci através do tratamento livre de W. S. Merwin e Clarence Brown, torna agora suas reivindicações ainda mais profundas, pela fidelidade literal e métrica desta nova versão:

> Orioles in the woods, and the only measure
> In tonic verse is to know short vowels from long.
> There's a brimming over once in each year, when
>   [Nature
> Slowly draws itself out, like the meter in Homer's song.
>
> This is a day that yawns like a caesura:
> Quiet since dawn, and wearily drawn out;
> Oxen at pasture, golden indolence to draw
> From a pipe of reeds the richness of one full note.[12]

* * *

tar a Charles Dickens/ Como era a Londres de então:/ A Casa Dombey na velha City/ E a água amarela do Tâmisa". (N. do T.)

[12] Trata-se do poema "Ravnodénstvie" ("Equinócio"), de 1914: "Há papa-figos nas florestas, e as vogais/ no verso tônico são o único metro,/

O tapa na cara de Aleksei Tolstói definitivamente não foi o primeiro contato de Mandelstam com esse membro de uma família grandiosa. O conde Tolstói emigrara após a revolução, ainda que, eventualmente, tenha retornado à Rússia como "o conde vermelho" e servido de braço útil ao jovem regime. Em 1923, no entanto, como editor do suplemento literário do jornal *Às Vésperas*, baseado em Berlim, Tolstói havia publicado o ensaio "O humanismo e o tempo presente", de Mandelstam,[13] e naquele momento teria parecido que era o poeta quem se colocava do lado do regime — ou, ao menos, que ele estava quase disposto a iludir a si mesmo neste aspecto. Ao lermos em retrospecto, todo o ensaio adquire um matiz trágico e irônico.

Nele, Mandelstam começa por delinear seu conceito de sociedade ideal, o que, naturalmente, acaba por ter a mesma estrutura de um edifício ideal, ou de um poema ideal. A pedra, a palavra, o indivíduo, deve sustentar e preencher sua totalidade criativa, mas deve ser também parte de um "nós", de uma "arquitetura social", a fim de elevar seu potencial ao grau mais frutífero de desenvolvimento. Em certa medida, Mandelstam está harmonizando-se com o humor dos tempos e aderindo à busca por "novas formas": uma visão otimista da revolução está implícita quando ele fala de um "novo gótico social: o jogo livre de pesos e forças, uma sociedade humana concebida como uma floresta arquitetônica densa e complexa, onde tudo é eficiente e individual, e onde cada de-

---

Mas, uma vez ao ano, estende-se, e não mais,/ A duração da natureza, como em Homero.// O dia, qual cesura, vem a bocejar:/ Paz logo cedo e vai passando com demora./ Bois na pastagem, e o dourado sossegar/ De uma flauta de junco que enriquece toda a nota". (N. do T.)

[13] Óssip Mandelstam, "Gumanizm i sovremennost" ("O humanismo e o tempo presente"), em *Obra em dois tomos, op. cit.* (N. do T.)

talhe responde à concepção do todo". Mas a essa intensificadora visão da harmonia precede, no começo do ensaio, uma visão poderosa e cruel da sociedade desumana, dos tempos em que a vida individual era tratada como algo insignificante, em que a arquitetura social tinha a forma de uma pirâmide esmagadora.

> "Prisioneiros assírios enxameiam como pintinhos sob os pés de um rei desmesurado; os guerreiros, personificação do poder do Estado inimigo do homem, matam pigmeus agrilhoados com suas longas lanças; enquanto os egípcios e seus construtores tratam a massa humana como um abastecimento abundante de material de construção, disponível em qualquer quantidade."[14]

Quinze anos antes de sua experiência nos trens de prisioneiros e no complexo dos campos de trabalho, a alma profética de Mandelstam estremece de presciência, e, ainda que ele se mantenha firme — ou esteja preparado, por ora, para disfarçar o estremecimento —, os sinais estão em toda parte. Uma alusão ao conceito inglês de "lar" como um conceito revolucionário é seguida da ideia de que existe "um tipo de revolução mais profundamente enraizado e mais afim à nossa época do que o tipo francês". Uma ilusão. Mas não menos ilusório do que os parágrafos de encerramento:

> "O fato de que os valores do humanismo tenham se tornado raros, como se tirados de circulação e sepultados, não é, por si só, um mau sinal. Os valores humanistas apenas se retiraram, esconde-

---

[14] *Idem.* (N. do T.)

ram-se, como moedas de ouro. [...] A transição para a moeda de ouro é o assunto do futuro, e, na província da cultura, o que temos à nossa frente é a substituição das ideias temporárias — cédulas de papel — pela cunhagem do ouro da tradição humanística europeia; os magníficos florins do humanismo hão de tilintar outra vez, e não ao contato com a pá do arqueólogo, mas [...] como tilinta a moeda corrente, passada de mão em mão."[15]

Talvez seja apenas uma questão de tradução o fato de que a moeda da esperança de Mandelstam é a florentina, a moeda da cidade de Dante, do mesmo Dante com quem ele toparia nos anos 1930 e que o ajudaria a viver segundo uma norma pura, enquanto as moedas falsas rodopiavam ao redor como uma cortina de fumaça.

Três anos depois, Mandelstam já havia parado de enganar a si mesmo no que concerne à natureza do mundo em que vivia: mas havia também parado de escrever poemas. Ao abordar os motivos para esse bloqueio de cinco anos, que durou até 1930, Nadiéjda deixa implícito que as enfermidades físicas de seu marido, bem como as imaginativas, podem ter tido sua origem naquilo que era para ele o problema central, a grande questão do seu relacionamento com a sua época. Ela observa que quando transmitiram a Mandelstam a linha oficial do Partido sobre escrita de poesia, emitida pelo departamento de literatura infantil na Editora Estatal, foi que ele, sentindo que não podia mais resistir à voz da tentação, ouviu um zumbido que a fez emergir completamente — um som que marcava o início de seu primeiro ataque de angina.

[15] *Idem.* (N. do T.)

Durante esse período, Mandelstam sustentou-se com traduções e trabalhou mais ou menos sob a proteção de diversas organizações e publicações do Partido, ao passo que ia se tornando cada vez mais alienado. Sentia-se um "enganador com a alma cindida", em conluio com o "novo", ao ter que lidar com os burocratas de uma literatura que lhe era desprezível, mas ainda comprometido, no mais profundo do seu ser, com os "velhos" valores. Entre os homens novos, "a moralidade cristã, incluindo o antigo mandamento 'Não matarás', era despreocupadamente reconhecida como moralidade 'burguesa'". Seu desânimo era respondido com hostilidade e desconfiança, e, para uma pessoa com a natureza impulsiva e corajosa de Mandelstam — e que usufruía do revigorante ar moral que a companhia de Nadiéjda proporcionava —, o confronto era inevitável.

Na primavera de 1928 foi feito o primeiro movimento de sua ofensiva — interviu em favor de cinco bancários de idade avançada que iam ser executados. Ele atormentou várias pessoas nos escritórios do governo, mas o movimento decisivo foi quando enviou ao solidário Bukhárin uma cópia de seu livro *Poemas*, recém-publicado, com uma dedicatória que dizia: "Cada verso deste livro argumenta contra o que vocês planejam fazer". O contra-ataque veio no verão daquele mesmo ano, quando, por negligência, um editor deixou de creditar os tradutores originais de um livro que Mandelstam havia revisado, ao que este foi denunciado, injustamente, por plágio. Depois de uma série de audições e interrogatórios extenuantes, uma comissão da Federação das Organizações de Escritores Soviéticos declarou-o moralmente culpado pelo fato de o editor não ter feito um contrato com os antigos tradutores. O casal perdeu o apartamento, e Mandelstam, por ora, decidiu se resguardar.

Em uma de suas frases mais memoráveis, Nadiéjda descreve o labor de seu marido em um poema como se ele estivesse "cavoucando em busca da pepita da harmonia", e no mesmo capítulo comenta que "a busca por palavras perdidas é uma tentativa de lembrar o que ainda está para ser trazido à existência". Durante esses anos problemáticos, era como se Mandelstam tivesse esquecido onde colocara a pepita da harmonia e não conseguisse pronunciar as palavras perdidas. Mas ele se recuperou, repentina e triunfantemente, no verão de 1930 durante sua viagem à Armênia. Lá ele denunciou a fórmula literária oficial, "nacional na forma, socialista no conteúdo", como estúpida e ignorante — a fórmula era do próprio Stálin — e evitou a companhia dos escritores para passar seu tempo com cientistas e biólogos. Escreveu a raivosa, elíptica e catártica *Quarta prosa*, na qual rolou o universo de seus valores verdadeiros em uma bola mortalmente pesada como um boliche, e rasgou simbolicamente o casaco de pele, que associava aos privilégios recebidos por aqueles escritores que se adequaram à linha do regime: "A raça dos escritores profissionais emite um odor repugnante [...], mas está sempre próxima das autoridades, que encontram abrigo para seus membros nos distritos de luz vermelha, como se fossem prostitutas. Pois a literatura está sempre preenchendo um único requisito: auxiliar os governantes a manterem seus soldados na linha, e os juízes a se livrarem arbitrariamente dos condenados". E ainda: "Tiro o meu próprio casaco de pele e o pisoteio. Eu correrei três vezes pelos anéis de Moscou vestindo nada além de uma jaqueta, num frio de trinta graus negativos; fugirei do hospício que são as arcadas do Komsomol em direção à letal pneumonia [...] apenas para não ter que ouvir os tinidos das peças de prata e a contagem de folhas na impressora". Ele recuperou sua liberdade interior, atirou-se com ganância sobre a pepita, insistiu na pureza e na objetividade do seu tipo de poesia: "é um grande trabalho fazer trançados de Bruxelas, mas seus componentes majoritários, aqueles que sustentam o desenho, são o ar, a perfuração e o absenteísmo". Ele se lembrava do que ainda precisava ser trazido à existência, mas, como revela a imagem da "pneumonia letal", fez tudo isso sabendo que pagaria com a vida pela cura de sua alma cindida.

O texto de *Viagem à Armênia* veio à luz pela primeira vez em 1933 na revista soviética *Zviózda*, e foi a última obra que Mandelstam teve publicada em vida. Chamá-lo de diário de viagem é errar o alvo de forma tão rude quanto o resenhista do *Pravda* que atacou Mandelstam por não ter conseguido enxergar "a Armênia próspera e enérgica que está construindo vivamente o socialismo".[16] Quando Mandelstam objetou que achava inadmissível que o maior jornal do país imprimisse "artigos marrons", um oficial o reprimiu: "Mas você está falando do *Pravda*". "Não é culpa minha se o artigo foi publicado no *Pravda*", foi a resposta de Mandelstam. A cura, evidentemente, havia sido completa.

Contudo, mesmo que por razões perversas, o resenhista acertou o alvo ao perceber que o descreditado procedimento acmeísta ainda vivia naquele texto — "Este é o modo de falar, de escrever e de viajar que se cultivava antes da revolução" — e por isso precisava ser extirpado. Toda a velha fé de Mandelstam nos recursos da linguagem, sua identificação com a claridade e com a aura clássica do mediterrâneo, seu regozijar-se com a natureza "helênica" da herança russa, a vivaz segurança filológica de seu ensaio "Sobre a natureza da palavra" — tudo isso foi revivido em seu encontro físico com a língua e a paisagem armênias. Em notas e adendos que não entraram no texto, fica claro que Mandelstam estava consciente do que se passava consigo mesmo:

---

[16] Trata-se do artigo "Tiéni stárogo Peterburga" ("Sombras da velha Petersburgo"), publicado no *Pravda* em agosto de 1933 e assinado "S. Rosenthal". (N. do T.)

"Se eu aceitar que a indumentária sonora, a linhagem e a firmeza da pedra são eméritas e imorredouras, então minha visita à Armênia não terá sido em vão.

Se eu aceitar como eméritas tanto a sombra do carvalho e a sombra do túmulo quanto a firmeza de pedra do discurso articulado — como então poderei me aperceber do tempo presente?"[17]

A poesia havia voltado. Na própria prosa, de fato, há o ímpeto de irromper numa sequência de poemas. As peles retesadas de cada tambor dos sentidos, conforme vão sendo atingidas pelas sensações, emitem ondas da onipresente "pepita da harmonia". A fonte de abastecimento fora localizada, o mandril fora firmado no poço, e a hidráulica da linguagem mais uma vez se afixa e começa a funcionar. Os melhores comentários sobre o livro, como é de costume, estão no próprio livro: "A concha do ouvido afina muito e ganha uma nova espiral". E não só o ouvido, também o olho e o nariz: existe uma imediatez, uma coceira no focinho, uma precipitação roceira do corpo e do instinto. O que Mandelstam diz sobre o estilo de Darwin pode perfeitamente ser aplicado ao seu próprio: "o poder da percepção funciona como uma ferramenta do pensamento".

Em inglês, o mais próximo disso são os escritos de viagem de D. H. Lawrence: ao lermos Lawrence, no entanto, estamos sempre cientes de que ele está nos ensinando como reagir. E o mesmo, em menor medida, pode-se dizer dos cadernos de Gerard Manley Hopkins, que também me vêm à mente neste contexto. Lawrence não renuncia a si mesmo com tanta pureza quanto Mandelstam: em suas anotações

---

[17] Óssip Mandelstam, "Vokrug *Putechestviia v Armeniiu*" ("Em torno da *Viagem à Armênia*"), em *Obra em dois tomos, op. cit.* (N. do T.)

mais prazerosas ainda subjaz um projeto evangelizante, enquanto em Mandelstam a base moral já havia sido removida (em *Quarta prosa*), o que o deixou livre para pôr, jubilosamente, o mundo inteiro de quarentena nos complexos da própria linguagem. O velho *ethos* cristão da Armênia e o clima de seus sentimentos mais íntimos juntaram-se em uma reação esplêndida, que nos faz sentir em nossos pulsos a verdade de sua crença de que "a totalidade de nossos dois mil anos de cultura é poder libertar o mundo, para que ele brinque".

Viagem à Armênia, então, é mais do que uma coleção rococó de impressões; é a celebração de um poeta recuperando os sentidos. É um hino em louvor à realidade da poesia como um poder tão presente na natureza das coisas quanto o próprio poder do crescimento. É um livro shakespeariano, na medida em que confunde a natureza e a arte. Bruce Chatwin[18] chama atenção para o parágrafo que tanto ofendeu à brigada do casaco de pele, uma passagem que vibra com a memória do primeiro mentor literário de Mandelstam, o simbolista Hippius, que "gostava de poemas com rimas enérgicas como *plámen-kámen* (chama-pedra)":

> "Uma planta é como o som tirado pela vareta de um teremim, que arrulha numa esfera saturada de processos ondulares. É um emissário da tempestade viva que se desencadeia permanentemente no universo, no que está em pé de igualdade com a pedra e o raio! A existência de uma planta neste mundo é um acontecimento, uma ocorrência, uma flecha, e não uma evolução enfadonha e barbuda!"
> [p. 122 desta edição]

---

[18] Introdução a Osip Mandelstam, *Journey to Armenia*, tradução de Clarence Brown, Londres, Redstone Press, 1989. (N. do T.)

A prosa — mesmo esta prosa — pode ser mais fácil de traduzir do que a poesia. Ao menos, creio que não se perde tanto ao lermos este livro em tradução. Mas sob toda a criação, sob toda essa cantiga natalina à maneira de Hopkins, espreita o tição azul e desolador do destino que Mandelstam sabia estar aceitando:

"A plenitude vital dos armênios, sua ternura grosseira, sua ossatura nobre e laboriosa, sua inexplicável ojeriza a toda e qualquer metafísica e sua magnífica familiaridade com o mundo das coisas reais, tudo isso me dizia: fique de vigia, não tema a sua época, não apele para artimanhas." [p. 105 desta edição]

Uma das constantes mais adoráveis do livro de Nadiéjda Mandelstam é o amor profundamente afinado que ela tinha por Óssip. Eles eram claramente um casal poderoso, e claramente agiam como um casal. Sem ela, Mandelstam talvez fosse menos seguramente ele mesmo, e o orgulho e o amor que o poeta inspirava — no fim das contas, o amor de uma esposa que tinha suas próprias feridas secretas e que era completamente consciente das fraquezas do seu parceiro — foi o que tornou possível que ela trouxesse toda a verdade à tona. Ela discute a fidelidade oscilante de Mandelstam à "troica", quando, no início dos anos 1920, ele estava pronto para escrever críticas sobre a poesia de Akhmátova; conta com grande discernimento a história de suas tentativas fracassadas de escrever uma ode a Stálin, na esperança de restabelecer sua posição, depois do interlúdio em Vorônej; e também de sua visita ao canal Mar Branco-Báltico, em 1937, sob auspício da União dos Escritores Soviéticos, quando um espírito solidário dessa organização achou que Mandelstam ainda poderia salvar-se, rendendo-se ao comércio do realismo socialista. Mandelstam foi capaz apenas de escrever algo sobre a paisagem — um fracasso que Nadiéjda relata com frio deleite. Ela chega até a relatar os detalhes de outro fracasso: o caso de Mandelstam com Olga Vaksel: "Até hoje fico surpresa com a forma cruel como ele escolheu entre nós duas".

Ela certa vez teve dois cachorros, que descreve como "selvagens, ferozes e leais", e o primeiro e o último adjetivos desta tríade se aplica ao seu relato da era soviética e, em particular, a sua anatomia daquele espírito de comprometimento e adaptabilidade que prevaleceu entre a tribo dos camaradas que escreviam com facilidade. Ela mesma não era poeta, ainda que soubesse tudo sobre poesia, e ainda que seu livro de memórias seja, por si só, uma educação poética. Assim como seu marido, ela dirigiu-se ao "leitor da posteridade" não como artista, mas como testemunha. Há uma nota de júbilo quase maternal quando ela relata que a transformação pela qual passou Mandelstam após escrever a *Quarta prosa* purificou o ar deteriorado que a denúncia de plágio e suas consequências geraram:

> "Os dois anos que passamos nisso foram mil vezes recompensados: o 'filho doente do século' percebia que na verdade era são. [...] De agora em diante, a voz de M. era a voz de um forasteiro que sabia estar só, e prezava seu isolamento. M. atingia a maioridade, e assumia a voz de uma testemunha. Seu espírito já não era mais conturbado."

Temos a sensação de que, para ela, a conquista desse papel coroava toda uma vida de empenho pela arte.

De certa forma, as memórias de Nadiéjda Mandelstam constituem duas autobiografias, e a que ela escreveu para Óssip é muito mais explícita do que a que ele mesmo poderia ter escrito. A emoção metamórfica de Mandelstam, sua necessidade de representar danças de guerra no meio da batalha — isso certamente teria produzido algo surpreendente, mas sem dúvida menos específico e menos indexado. Ele não teria jogado com as cartas abertas como fez Nadiéjda: nas mãos dele, as cartas teriam se tornado fluidas como todo um baralho que desabrocha nas mãos de um trapaceiro. Não é que seu vigor intelectual e discernimento moral fossem menores do que os de sua mulher, é uma questão de um reflexo organizado de forma diferente. Mandelstam tinha interesse pelo ser humano enquanto instrumento, e por como ele se estrutura e se sintoniza: sua mulher estava mais interessada na forma como esse instrumento é sugestionado pela inteligência moral.

Nadiéjda, como escritora, é dona de uma tenacidade, de um apetite de incluir tudo, como quem escreve um livro-razão, fazendo um registro infatigável e desprovido de adornos. Os detalhes permanecem literais e claros como rebites recém-instalados: o ovo emprestado, um agrado para Akhmátova, que permaneceu intacto sobre a mesa durante uma busca pelo apartamento; as marcas que os dedos gordurosos de Stálin deixavam nos livros que ele devolvia; o gesto fatalmente cortês do primeiro interrogador de Mandelstam: "Eu quase pecara contra a tradição honrada pelo tempo ao tentar apertar a mão de um membro da polícia secreta. Mas o interrogador me salvou da desgraça ao não corresponder — ele não apertava as mãos de pessoas como eu, ou seja, de suas potenciais vítimas". É possível imaginar Óssip, nessas circunstâncias, compondo uma metáfora sobre a natureza do homem pela forma como ele pronunciou certa palavra.

* * *

Como resultado de seus diferentes dons e de suas vidas heroicas, Óssip morreu em dezembro de 1938, Nadiéjda, em dezembro de 1980. Mas nada morreu com eles. É impossível contabilizar o quanto suas conquistas agregaram à "cultura universal", pela qual eles tanto ansiavam, e suas biografias dão exemplo daquilo que T. S. Eliot percebeu como "uma condição de total simplicidade/ (o seu custo é nada menos que tudo)".[19]

---

[19] "A condition of complete simplicity/ (Costing not less than everything)", versos de "Little Gidding", quarto e último poema de *Four Quartets* (1943). (N. do T.)

SOBRE O AUTOR

Óssip Emílievitch Mandelstam nasceu em 1891, em Varsóvia (na época, parte do Império Russo), de mãe russa e pai judeu, um comerciante abastado. Ainda na infância muda-se para São Petersburgo com a família, e entre 1900 e 1907 estuda na prestigiosa Escola Tênichev, em cujo almanaque publica seus primeiros poemas. Após uma viagem pela Europa, estuda literatura francesa antiga na Universidade de Heidelberg, na Alemanha, e, em 1910, de volta à Rússia, cursa filosofia na Universidade de São Petersburgo, mas nunca chega a se graduar.

A poesia de Mandelstam, no início de sua carreira, era ainda bastante influenciada pelos simbolistas russos e pelo clima de melancolia instaurado com a derrota da Revolução de 1905. Em 1911 Mandelstam se aproxima de Nikolai Gumilióv e Serguei Gorodétski, líderes do grupo Guilda dos Poetas, que publica em 1912 o livro de estreia de Anna Akhmátova. Nesse grupo originam-se boa arte dos preceitos do movimento acmeísta, que ganha destaque em 1913 com a publicação de *Kamen* (*Pedra*), primeiro livro de poemas de Mandelstam, e do ensaio "O amanhecer do acmeísmo", também redigido por ele. Em 1922, já distanciado do movimento, Mandelstam lança *Tristia*, seu segundo livro de poemas, que é imediatamente reconhecido como um grande evento da poesia russa. Nele, o autor aborda pela primeira vez os temas da revolução e da guerra civil russas.

Durante o período soviético, Mandelstam trabalha por pouco tempo no Ministério da Educação e, com a ajuda de seu amigo Nikolai Bukhárin, revolucionário bolchevique que foi editor do *Pravda*, ocupa-se de artigos para a grande imprensa e traduções para o russo de autores como Upton Sinclair, Jules Romains e Charles de Coster. Em 1922 casa-se com Nadiéjda Kházina, que, após sua morte, veio a ser a grande divulgadora de sua vida e obra no Ocidente. Nessa época, a poesia difícil de Mandelstam, frequentemente obscura e carregada de alusões, não tinha grande horizonte de publicação na imprensa soviética. Após *Tristia*, o autor passa alguns anos sem escrever poemas.

Em 1925 publica *O rumor do tempo*, de prosa memorialística, em que procura recriar o ambiente cultural da Rússia de sua infância e juventude, mas a obra recebe pouquíssima atenção da crítica. O texto é publicado novamente em 1928, num volume que contém também o pequeno relato de viagem *Teodósia* e a novela experimental *A marca egípcia*. Nesse mesmo ano, consegue publicar uma reunião de toda a sua poesia (*Poemas*) e um livro de ensaios (*Sobre a poesia*), ambos graças à intervenção de Bukhárin, que, segundo as memórias de Nadiéjda Mandelstam, foi também quem conseguiu trabalho, rações alimentícias e permissão de moradia para o casal. Ainda em 1928, Mandelstam foi alvo de uma campanha difamatória na imprensa oficial soviética, e é sob este clima que, no ano seguinte, começa a escrever *Quarta prosa*, mescla de ficção e memorialismo, obra que acabou não sendo publicada em vida.

Em 1930, novamente com a intermediação de Bukhárin, Mandelstam recebe o encargo de partir para a Armênia numa viagem de caráter oficial. Era esperado que Mandelstam escrevesse um relatório, de forma prática e ilustrativa, a respeito dessa república irmã que vinha recebendo muita atenção das autoridades soviéticas. No entanto, o texto resultante, *Viagem à Armênia*, publicado em 1933 na revista *Zviózda*, um relato livre, literário, foi prontamente atacado pela crítica alinhada ao Partido. Nesse mesmo ano escreve o ensaio "Conversa sobre Dante" e, numa reunião em casa de amigos, lê um epigrama satirizando Stálin, motivo pelo qual foi preso e depois banido de Petersburgo.

Mesmo não encontrando espaço para publicação, em 1930 Mandelstam volta a escrever poemas, que, segundo boa parte da crítica, estão entre os melhores de sua carreira e da poesia russa do século XX. Essa produção só foi publicada após sua morte, primeiro no Ocidente e depois na Rússia, e ainda assim com frequentes omissões e trechos censurados. Estes poemas são geralmente agrupados sob os títulos *Cadernos de Moscou* (1930-34) e *Cadernos de Vorônej* (1935-37), cidade onde o autor se exilou com sua mulher. Em maio de 1938, em meio ao Grande Expurgo, o poeta foi preso novamente, sob a acusação de atividades contrarrevolucionárias, e sentenciado a cinco anos de trabalhos forçados. Morreu em dezembro do mesmo ano, numa estação de trânsito nos arredores de Vladivostok, a caminho de um campo de prisioneiros na Sibéria Oriental.

SOBRE O TRADUTOR

Paulo Bezerra estudou língua e literatura russa na Universidade Lomonóssov, em Moscou, especializando-se em tradução de obras técnico-científicas e literárias. Após retornar ao Brasil em 1971, fez graduação em Letras na Universidade Gama Filho, no Rio de Janeiro; mestrado (com a dissertação "Carnavalização e história em *Incidente em Antares*") e doutorado (com a tese "A gênese do romance na teoria de Mikhail Bakhtin", sob orientação de Afonso Romano de Sant'Anna) na PUC-RJ; e defendeu tese de livre-docência na FFLCH-USP, "*Bobók*: polêmica e dialogismo", para a qual traduziu e analisou esse conto e sua interação temática com várias obras do universo dostoievskiano. Foi professor de teoria da literatura na Universidade do Estado do Rio de Janeiro, de língua e literatura russa na USP e, posteriormente, de literatura brasileira na Universidade Federal Fluminense, pela qual se aposentou. Recontratado pela UFF, é hoje professor de teoria literária nessa instituição. Exerce também atividade de crítica, tendo publicado diversos artigos em coletâneas, jornais e revistas, sobre literatura e cultura russas, literatura brasileira e ciências sociais.

Na atividade de tradutor, já verteu do russo mais de quarenta obras nos campos da filosofia, da psicologia, da teoria literária e da ficção, destacando-se: *Fundamentos lógicos da ciência* e *A dialética como lógica e teoria do conhecimento*, de P. V. Kopnin; *A filosofia americana no século XX*, de A. S. Bogomólov; *Curso de psicologia geral* (4 volumes), de R. Luria; *Problemas da poética de Dostoiévski, O freudismo, Estética da criação verbal, Teoria do romance I: A estilística, Os gêneros do discurso, Notas sobre literatura, cultura e ciências humanas* e *Teoria do romance II: As formas do tempo e do cronotopo*, de M. Bakhtin; *A poética do mito*, de E. Melietinski; *As raízes históricas do conto maravilhoso*, de V. Propp; *Psicologia da arte, A tragédia de Hamlet, príncipe da Dinamarca* e *A construção do pensamento e da linguagem*, de L. S. Vigotski; *Memórias*, de A. Sákharov; no campo da ficção traduziu *Agosto de 1914*, de A. Soljenítsin; cinco contos de N. Gógol reunidos no livro *O capote e outras histórias*; *O herói do nosso tempo*, de M. Liérmontov; *O navio branco*, de T. Aitmátov; *Os filhos da rua Arbat*, de A. Ribakov; *A casa de Púchkin*, de A. Bítov; *O rumor do tempo*, de Ó. Mandelstam; *Em ritmo de concerto*, de N. Dejniov; *Lady Macbeth do distrito de Mtzensk*, de N. Leskov; além de *O sonho do titio* e *Sonhos de Petersburgo em verso e prosa* (reunidos no volume *Dois sonhos*), *O duplo*, *Bobók*, *Crime e castigo*, *O idiota*, *Os demônios*, *O adolescente* e *Os irmãos Karamázov*, de F. Dostoiévski.

Em 2012 recebeu do governo da Rússia a Medalha Púchkin, por sua contribuição à divulgação da cultura russa no exterior.

Este livro foi composto em Sabon,
pela Bracher & Malta, com CTP da
New Print e impressão da Graphium
em papel Pólen Soft 80 g/m² da Cia.
Suzano de Papel e Celulose para a
Editora 34, em janeiro de 2019.